Bücher-präsentation

ERNST - ULRICH HAHMANN,
Oberstleutnant a. D.

geb. 1943 in Ellrich am Südharz, lebt in Bad Salzungen, Ausbildung als Dreher, Laufbahn eines Artillerieoffiziers. Einsatz als Kreisgeschäftsführer beim DRK Bad Salzungen. Tätig bei hessischen und bayrischen Sicherheitsfirmen in unterschiedlichen Funktionen. Zwei Mal verheiratet. Verwitwet. Drei Kinder. Artikel für militär-technische und militär-wissenschaftliche Zeitschriften geschrieben sowie eine Dokumentation über das Leben und Wirken des Arbeiterführers *Franz Jacob*. Nach der Wende Fernstudium „Schule des Großen Schreibens" an der Axel Andersson Akademie in Hamburg. Jetzt im Ruhestand. Geht seinen Hobbys nach. Schreibt jeden Tag mindestens eine Stunde und geht regelmäßig ins Fitnessstudio. Mitglied des Literaturkreises Bad Salzungen.

Bibliografische Information der Deutschen
Nationalbibliothek

Die Deutsche Nationalbibliothek verzeichnet diese
Publikation in der Deutschen Nationalbibliothek:
detaillierte bibliografische Daten sind im Internet
über://dnb.dnb.de abrufbar.

Umschlagentwurf und Layout: Ernst-Ulrich Hahmann

© 2021 Hahmann

Herstellung und Verlag
BoD - Books on Demand, Norderstedt

ISBN 978 3 752621 85 3

9,99 Euro

Warum schreibe ich?

Eigentlich ist es verwunderlich, dass ich schreibe. In der Schule lag mir das Fach Deutsch nicht so richtig. Hatte immer gerade so meine Note „3" außer beim Schreiben von Aufsätzen, da hatte ich im Inhalt und Ausdruck immer meine Note „1", aber die Rechtschreibung und Grammatik konnte man voll vergessen. Im Gegensatz dazu lagen mir die naturwissenschaftlichen Fächer.

Andererseits habe ich viel gelesen. Was heißt viel gelesen? Ich habe die Bücher verschlungen. Selbst nachts kam es des Öfteren vor das ich heimlich unter der Bettdecke, beim Licht einer Taschenlampe las. Davon durfte meine Mutter nichts mitbekommen. Und bei meinen Großeltern lagen die Schmöker vom Westen.

Obwohl ich Artikel für die Tageszeitung, für wissenschaftliche Zeitungen geschrieben habe oder die Chronik meines Truppenteils selber schrieb hat mich das Schreiben erst spät gefunden oder ich es. Vielleicht habe ich es wieder entdeckt.

Mit dem Eintritt in das Rentenalter ging es, darum eine sinnvolle Beschäftigung zu finden, um nicht in ein Loch der Gleichgültigkeit zu fallen. Auf der Suche nach einem Hobby kam ich auf das Schreiben von Geschichten und Gedichten zurück. Im Nachhinein merkte ich, dass mich das Schreiben schon immer beschäftigt hat.

Schreiben ist ein Hobby, für dessen Ausführung ich mein größeres Hobby, dem Lesen, genüsslich und ohne schlechtes Gewissen frönen kann - kann ich es doch immer mehr als „lernen von anderen" deklarieren.

„Warum schreibe ich nun?", diese Frage habe ich mir oft gestellt. Schreiben ist eine Herausforderung. Eine Art Kräftemessen zwischen mir und dem weißen Blatt auf dem Computer. Die Suche nach dem einzigen passenden

Ausdruck und genaue Formulierung. Feilen an Sätzen, Absätzen und Kapiteln. Und vor allem das Erschaffen von Figuren. Es geht um Kreativität, Abenteuergeist, den man selbst in seinen Geschichten lenken und ausleben kann.

Schreiben öffnete mir den Blick dafür, dass meine Geschichten immer unterschiedliche Themen zum Inhalt haben.

Leider gewinne ich nicht immer.

Und dennoch zieht es mich immer wieder zum Computer hin. Ich brauche keine Disziplin zum Schreiben. Bei mir ist es eher so, dass ich mich permanent vom Schreiben abhalten muss. Diese unfassbare Lust an Geschichten erzählen wird immer stärker, je länger ich es mache.

Schreiben erschafft etwas Bleibendes, etwas, das ich hinterlasse, wie Spuren im Schnee. Es bleibt vielleicht nicht für lange, aber für einen Moment hat es Eindruck gemacht.

„Warum schreibe ich nun?"

„Ehrlich?"

„Keine Ahnung!"

Schreiben macht auf jeden Fall unser Leben gesünder. Es senkt den Blutdruck, stärkt das Immunsystem, beruhigt Magen und Darm, befreit die Lunge, vermindert die Angst, hilft gegen Depressionen, macht gesund und glücklich. Diesen Worten von Prof. Dr. med. Silke Heimes kann ich mich bedenkenlos anschließen.

Inhaltsverzeichnis

Seite 31
Jörg Seedow - Ein Journalist auf Spurensuche -
Der Leichenschänder
amicus-Verlag
Föritz 1. Auflage 2012
ISBN 978 3 939465 95 9
9,95 Euro

Seite 35
Jörg Seedow - Ein Journalist auf Spurensuche -
Der Flüchtling
amicus-Verlag
Föritz 1. Auflage 2013
ISBN 978 3 944039 39 8
9,95 Euro

Seite 41
Welt der Heimatsagen -
Sagen und Geschichten aus dem Werratal
amicus-Verlag
Föritz 1. Auflage 2013
ISBN 978 3 944039 44 2
19,95 Euro

Seite 47
Welt der Heimatsagen -
Sagen und Geschichten aus dem Südharz-Vorland
amicus-Verlag
Föritz 1. Auflage 2014
ISBN 978 3 944039 58 9
19,95 Euro

Seite 53
Mit neunzehn im Kessel von Stalingrad
Carola Hartmann Miles-Verlag
Berlin 1. Auflage 2015
ISBN 978 3 945861 08 0
19,90 Euro

Seite 57
Es gibt eine wunderbare Kraft ... - Realität, Phantastik
oder Wirklichkeit - Der Schlüssel zum Glück
Co-Autorin Edelweiß Knabe
BoD - Books on Demand
Norderstedt 1. Auflage 2015
ISBN 978 3 738600 10 0
19,95 Euro

Seite 63
Bad Salzungen und seine Gotteshäuser
amicus-Verlag
Föritz 1. Auflage 2015
ISBN 978 3 944039 68 8
15,00 Euro

Seite 69
Die Ritterburgen im Salzunger Land
amicus-Verlag
Föritz 1. Auflage 2016
ISBN 978 3 944039 76 3
19,95 Euro

Seite 73
Unter der Knute Stalins
BoD - Books on Demand
Norderstedt 1. Auflage 2017
ISBN 978 3 743162 10 0
7,95 Euro

Seite 77

Welf Wesley - Der Weltraumkadett - Band 1:
Die Feuertaufe
BoD - Books on Demand
Norderstedt 1. Auflage 2017
ISBN 978 3 744855 82 2
7,95 Euro

Seite 81

Lausbuben - Geschichten und Erzählungen aus der
Kinderzeit
BoD - Books on Demand
Norderstedt 1. Auflage 2017
ISBN 978 3 744887 66 3
6,95 Euro

Seite 87

Welf Wesley - Der Weltraumkadett - Band 2:
Auf den Spuren der Außerirdischen
BoD - Books on Demand
Norderstedt 1. Auflage 2018
ISBN 978 3 746082 58 5
7,95 Euro

Seite 91

Welf Wesley - Der Weltraumkadett - Band 3:
Im Weltall verschollen
BoD - Books on Demand
Norderstedt 1. Auflage 2018
ISBN 978 3 752887 87 7
7,95 Euro

Seite 95
Buntes Allerlei - Wahres, Geschichtliches, Sagenhaftes,
Schicksalhaftes, Esoterisches
BoD - Books on Demand
Norderstedt 1. Auflage 2019
ISBN 978 3 73229 40 5
9,95 Euro

Seite 101
Vernichtung durch Arbeit - Band 1:
Kali-Werra-Revier und das KZ Buchenwald
BoD - Books on Demand
Norderstedt 1. Auflage 2019
ISBN 978 3 741280 74 0
9,95 Euro

Seite 107
Vernichtung durch Arbeit - Band 2:
Außenkommandos des KZ Buchenwald im Kali-Werra-
Revier
BoD - Books on Demand
Norderstedt 1. Auflage 2019
ISBN 978 3 748158 39 4
9,95 Euro

Seite 113
Vernichtung durch Arbeit - Band 3:
Einsatz Kriegsgefangener und Fremdarbeiter im Kali-
Werra-Revier
BoD - Books on Demand
Norderstedt 1. Auflage 2019
ISBN 978 3 744896 67 2
9,95 Euro

Seite 135
Todesursache: Vernichtung durch Arbeit - Band 6:
Die Erinnerung darf nicht sterben

BoD - Books on Demand
Norderstedt 1. Auflage 2020
ISBN 978 3 751917 27 8
9,95 Euro

Seite 141
Die St. Johanniskirche in Ellrich - Höhen und Tiefen,
Licht und Schatten eines evangelischen Gotteshauses

BoD - Books on Demand
Norderstedt 1. Auflage 2020
ISBN 978 3 751971 44 7
19,99 Euro

Die Bücher sind mit ihren Titeln in den für Buchhandlungen wichtigen Großhandelskatalogen gelistet.

Bestellungen mit der jeweiligen ISBN können über den örtlichen Bucheinzelhandel, aber auch bei über 2 000 Online-Buchhändler erfolgen.

Büchern, die über BoD verlegt wurden können als E-Book in den E-Book-Shops wie dem Amazon Kindle Shop, den Tolino Shops, Apple iBooks oder Google Play erworben werden.

Die von BoD verlegten Bücher sind lieferbar in den USA, Großbritannien, Australien und Kanada.

ERNST - ULRICH HAHMANN

Das alte Ellrich

Sagen einer Südharzstadt

Die Geschichten und Sagen einer Südharzstadt wurden gesammelt und neu erzählt. Dabei sind Notizen, die Helmut Drechsler zu den Ellricher Sagen aufschrieb, mit eingeflossen. Die literarisch aufbereiteten Sagentexte wurden durch Scherenschnitten von Bärbel von Juterzenka ergänzt.

Leseprobe

Kurz vor Weihnachten kam ein fremder Müllerbursche auf seiner Wanderschaft nach Ellrich. Er wollte hier das Weihnachtsfest verbringen. Bei einem seiner abendlichen Besuche in den Wirtshäusern der Stadt kam ihm zu Ohren, dass in der Frauenbergsmühle ein Knecht benötigt würde. Am nächsten Tag ging er zur Mühle, meldete sich bei den Müllersleuten und nahm das Angebot an, obwohl ihn die Ellricher vor der Spukmühle gewarnt hatten. Der Neue lachte nur über die furchtsamen Erzählungen und zeigte keine Hemmungen, in der Nacht vor dem Weihnachtsfest mit dem Altgesellen in der Mühle Korn zu mahlen.

Der Abend vor dem Weihnachtsfest kam heran, und mit der hereinbrechenden Dunkelheit begaben sich die beiden in die Mühle. Der Altgeselle öffnete die schwere Holztür, die mit gruseligen Knarren zur Seite schwang. Es war unangenehm kühl in der Mühle, und die grauen Wände schienen den Müllersknechten unheimliche Geschichten zuraunen zu wollen. Diesen Eindruck hatte der Altgeselle. Er verschloss sorgsam und ängstlich die knarrende Eingangstür und band überdies draußen seinen scharfen Schäferhund an.

Höhnisch lächelnd beobachtete der Neue das Tun des Altgesellen und verspottete ihn. „Du Hasenfuß!", „Du Angsthase!", „Du kannst dich auch gleich hinter dem Rockzipfel deiner Großmutter verstecken!", waren dabei die gelindesten Beschimpfungen.

Aber der ließ sich nicht beirren.

Kurz vor Mitternacht hielt der Altgeselle das Mühlrad an. Der schwere Mühlstein auf der dicken Balkenachse, in der Mitte ölig schmutzige Zahnradübersetzungen, kam zum Stehen.

Brotmahlzeit war angesagt.

Sie setzten sich auf die vollen Mehlsäcke und ließen es sich schmecken.

Weit entfernt davon zu bereuen, dass er sich in diese Geschichte eingelassen hatte, kam dem neuen Müllerknecht doch alles plötzlich etwas unheimlich vor.

Die Kerzen in den Windlichtern verbreiteten gespenstisches Licht. Zu allem Überfluss setzte ein heftiger Schneesturm ein. Mit einmal schien die ganze Mühle auf geheimnisvolle Weise zu leben. Der Sturm heulte durch die Ritzen und Fugen, jammerte unter Vorsprüngen und rüttelte ungestüm an den Fenstern.

Ein knarrendes Geräusch.

In der Ferne vier helle Schläge, zwölf dunkle.

Mitternacht, die Zeit der Geister.

Kläglich begann der Schäferhund zu winseln.

Die Kerzen in den Handlaternen flackerten und verlöschten fast von einem heftigen Luftzug.

Der Wind pfiff um die Mühle. Er wurde immer stärker und entwickelte sich zu einem waren Orkan.

Es war eine Nacht, in der sich ängstliche Gemüter unter die Bettdecke verkrochen und vor Angst mit den Zähnen klapperten.

Angst, richtige Angst hatte der neue Müllerknecht zwar nicht, aber ein großes Unbehagen erfüllte ihn, gegen, dass er nicht anzukämpfen vermochte.

Das flackernde Kerzenlicht schien mit einmal Schattengestalten aus der Dunkelheit zu reißen und sie überdimensional groß an die Wände zu malen.

Durch die Mühle ging ein unheimliches Wispern und Raunen. Knarrten da nicht die Holzstufen?

Befand sich jemand in der Mühle?

Gar ein Gespenst!

Nein, kein Gespenst, denn Geister wiegen nichts. Sie sind nur Luft. Und wer nichts wiegt, der kann keine Stufen zum Knarren bringen.

Ein Hauch eisiger Kälte streifte die Müllerknechte und im selben Moment wäre ihnen ihr Herz beinahe stehen geblieben, denn plötzlich begann das Mahlwerk zu laufen. Unheimlich hörte sich das donnernde Rumoren an. Die gesamte Mühle zitterte wie bei einem Erdbeben. Ächzend und knirschend drehten sich die großen, schweren Mühlräder.

Wütend schüttelte der neue Müllerknecht den Kopf. „Nein! Nein! Aufhören! Stehen bleiben!"

Doch das Mahlwerk lief unermüdlich weiter. Die Müllerknechte hielten sich die Ohren zu. Es nützte nichts. Sie hörten nicht nur das Poltern, sie spürten es mit jeder Faser ihrer Körper. Eine schaurig unheimliche Atmosphäre breitete sich aus.

An der Eingangstür zum Raum begann mit einmal die Luft zu wogen und zu wabern, als flimmerte sie vor Hitze wie an einem heißen Tag. Atemlos verfolgten beide dieses Schauspiel. Wegrennen wollten sie, um Hilfe schreien - aber sie konnten weder das eine noch das andere. Sie waren wie erstarrt. Immer stärker waberte und wallte die Luft auf ungewöhnliche Weise, dann schälten sich menschliche Umrisse daraus hervor. Es war die weiße Gestalt einer jungen und schönen Frau, nach der Mode einer vergangenen Zeit gekleidet. Die Gestalt löste sich von der Tür und glitt in ihrem wehenden langen Kleid geräuschlos durch den Mahlraum. Die schemenhafte Frauengestalt war transparent, man konnte durch die Gestalt hindurch die gegenüberliegende Wand des Raumes sehen. Die Tür zum Wasserrad schlug krachend auf, der Geist verharrte einen Augenblick und blickte mit schönen, tieftraurigen Augen zu den Gesellen hinüber. Dann stürzte er sich nach draußen in die strudelnde Flut.

Die Tür schlug krachend zu.

Stille.

Die Müllerknechte fuhren sich mit zitternden Händen über die schweißnassen Gesichter. Zögernd gingen die bleichgesichtigen Gesellen zur Tür und öffneten sie vorsichtig. Deutlich vernahmen sie das Rauschen und Tosen des stürzenden Wassers, das Knarren des Mühlrades und das Klappern des Rüttelschuhs am Schrotstuhl. Im schäumenden und strudelziehenden Wasser war nichts zu sehen von dem Spuk.

Leise rieselte der Schnee.

Das alte Salzungen

Sagen einer Stadt im Werratal

ERNST-ULRICH HAHMANN

Wer behauptet, dass die alten Geschichten und Sagen, das überlieferte Erzählgut aus vergangenen Tagen, nicht mehr leben würde in der heutigen Zeit, der hat sich nie beschäftigt mit der Vergangenheit.

Heute lauscht man keinem Erzähler mehr, wie gewesen, jedoch als Kulturgut kann man sie in Büchern lesen. Ja, sie leben immer noch, die alten Geschichten und Sagen, die Unerklärliches, Gutes und Böses, zum Inhalt haben.

Auf unterhaltsame Weise geben sie Einblick in das Leben, mit all dem Sehnen, dass es einst die bessere Welt wird geben. Unsere Vorfahren schufen sie, die alten Geschichten und Sagen, die in sich die Sehnsüchte und Hoffnungen der Menschen tragen.

Lehren aus ihnen zu ziehen für die Gegenwart es gilt, damit die Zukunft bekommt ein gerechtes Bild. Denn die Vergangenheit in den alten Geschichten und Sagen, sie kehrt niemals wieder mit all ihren Fragen.

Jedoch aus ihnen die Kraftquelle für die Zukunft entspringt, die die Einheit von Vergangenheit, Gegenwart und Zukunft bedingt. Deshalb hört auf die Lehren der alten Geschichten und Sagen, die in vielen Dingen in sich den Sinn des Lebens tragen.

Leseprobe

Im hellen Mondlicht lag die verschneite Landschaft da. Weißbedeckt waren die Dächer, Pfähle hatten ihre weißen Mützen aufgesetzt und von den schneebedeckten Zweigen der Bäume und Büsche rieselte leise der Schnee.

Erschrocken schaute die Frau aus dem Fenster und dachte für einen Moment: „Habe ich etwa verschlafen?"

Weil sie keine Uhr besaß, um es zu überprüfen, kleidete sie sich flugs an und machte sich schleunigst auf den Weg nach Husen.

Und wirklich, als sie durch das Tor auf den Friedhof trat, sah sie die Fenster der kleinen Kirche schon hell erleuchtet.

Eben verklangen die letzten Akkorde des Chorals.

Düsternis hing über dem Friedhof wie ein böses Omen.

Verschwunden war das silbrige Mondlicht. Wolken hatten sich am nächtlichen Himmel zusammengeballt und bildeten erschreckende Gebilde.

Manchmal frischte der Wind auf. Dann streifte er wie ein gewaltiger, unsichtbarer Geist über den Friedhof hinweg, als wollte er die Toten locken.

Raschen Schrittes eilte die Frau zu der kleinen Kirche hin.

Die Steine und Kreuze auf den Gräbern flankierten ihren Weg.

Kurz vor der Kapelle hielt sie inne und ihr Blick blieb an der steinernen Mauer des Gebäudes hängen, die sich klar in der Dunkelheit gegen den Himmel abhob.

In hellen Streifen fiel das Licht durch die Fenster der Kirche in die Nacht.

Jetzt erst fiel der Frau auf, dass nirgends Fußstapfen außer ihrer eigenen, im frisch gefallenen Schnee zu sehen waren. Für einen Moment schloss sie die Augen, doch als sie die Stimme des Geistlichen vernahm, dachte sie nicht weiter darüber nach und trat ungesäumt auf die angelehnte Kirchentür zu. Vorsichtig öffnete sie die Tür, die sich laut kreischend in den Angeln drehte. Bei dem Geräusch lief ihr ein eisiger Schauer über den Rücken.

„Was ist denn nur mit mir heute los?" stellte sie sich stumm die Frage. Kopfschüttelnd und mit unsicheren Schritten trat sie über die Schwelle.

Die Kirche war gedrängt voll Menschen, und der Pfarrer schritt auf den Altar zu. Er hatte die Hände wie zum Gebet erhoben.

Mit Mühe fand die Frau einen Platz in der vorletzten Bankreihe. Sie zwängte sich zwischen zwei verhüllte Frauengestalten und setzte sich nieder.

Der Pfarrer begann mit salbungsvoller Stimme zu sprechen.

Erstaunt schaute die Frau nach vorn, denn die Stimme des Geistlichen war ihr fremd. Sie betrachtete ihn genauer, aber sie kannte ihn nicht.

Es fröstelte ihr.

Alles war hier heute so sonderbar.

Die Frau wandte sich an ihre Nachbarin zur Rechten. Allein fast zu Tode erschrak sie, als sie derselben in das grauenhafte, wie mit Spinnweben überzogene Gesicht blickte. In ihrer Angst griff sie nach der Hand ihrer Nachbarin zur Linken, die aber war kalt wie Stein. Rasch wollte sie die ihrige zurückziehen, doch sie wurde von der Nachbarin festgehalten.

Neuer Schrecken, neues Entsetzen!

Gänsehaut lief der Frau über den Rücken. Im Umschauen hatte sie bemerkt, dass rings um sie herum Personen Platz genommen hatten, die zum Teil längst vermodert sein mussten.

In diesem Moment tönte von der Stadt her das helle Glöckchen auf dem Turm des neuen Tores.

Es schlug 1 Uhr, das Ende der Geisterstunde.

Ihre Nachbarin, in der sie eine längst verstorbene Bekannte erblickt hatte, ließ ihre Hand los.

Abrupt stand die Hermannsröderin auf. Wie mit glühenden Nadeln stach es durch ihren Kopf. Sämtliche Glieder schmerzten. Sie versuchte das Gleichgewicht nicht zu verlieren, kippte aber dennoch nach hinten weg. Mit einem gellenden Schrei fiel sie auf die Bank zurück und rollte hinunter auf den harten Boden.

Sie hatte die Besinnung verloren.

Im Morgengrauen gingen der Küster und seine Leute in die Kapelle. Erschrocken eilten sie herbei, als sie eine leblose Gestalt zwischen den Bänken auf der Erde liegen sahen.

Es war die Hermannsröderin.

Ernst-Ulrich Hahmann

Auf dem Weg in die Hölle
Stalingrad

Im Einsatz als Luftnachrichtenmann

GREIFENVERLAG

Dieses Buch wurde auf der Grundlage zahlreicher Feldpostbriefe im Stil einer Autobiografie geschrieben. Es soll nicht der Verherrlichung des Nationalsozialismus dienen. Im Gegenteil möchte der Autor mit einem Stück erzählender Geschichte erreichen, dass die Generation von heute die jungen Männer versteht, die damals für die Ideale des Nationalsozialismus kämpften, indem sie ein wenig von ihren Gefühlen und Ängsten erfährt, von den Strapazen und Entbehrungen - immer den Tod vor den Augen. Dem deutschen Soldaten wurden die Kräfte des Gewissens im Kasernen-Abc des Kommis entweder ausgetrieben oder durch Einimpfung von chauvinistischen Theorien vergiftet. Beeinflusst durch die allgegenwärtige Goebbelsche Propaganda und die herrschenden gesellschaftlichen Verhältnisse war der überwiegende Teil der deutschen Bevölkerung davon überzeugt, ihr Leben und Handeln in den Dienst einer guten Sache zu stellen. Dem war aber nicht so, denn das verflossene 20. Jahrhundert mit seinen zwei Weltkriegen wird man in den Geschichtsbüchern zu den blutigsten seit dem Bestehen der Menschheit, rechnen. Kein Zeitalter zuvor hat je ein Abschlachten in solchem Ausmaß, solche Grausamkeit und Unmenschlichkeit, solche Massendeportationen von Völkern in die Sklaverei, solche Ausrottungen von Minderheiten erlebt.

Leseprobe

Was sollen all diese trüben Gedanken? Jetzt lebe ich noch und das soll auch so bleiben.

Schnell hat der Alltag uns wieder.

Vorwärts rollen unsere Fahrzeuge und ziehen eine riesige Staubwolke hinter sich her.

Staub, Staub und wieder Staub. Schweißnasse Tücher kleben den Nachrichtensoldaten am durstigen Mund.

Am Ende dieser Fahrt beschert uns die Natur ein schönes Stückchen Erde als neuen Gefechtsstand.

Steil fällt das Ufer hinab zum Fluss, der hier eine beachtliche Breite besitzt. Auf dem kleinen Stückchen Erde vor dem Fluss, das nicht so steil abfällt, liegt unser Dorf.

Die Russen würden dieses Dorf als Stadt bezeichnen.

Es ist still und einsam.

Rechts geht die Straße entlang, die scheinbar menschenleer vor uns liegt.

Verdächtige Ruhe, unheimlich geradezu.

Als wir mit der Spitze der Kolonne die Mitte des Ortes erreichen, fällt ein Schuss aus einem großen weißen Haus, das rechts der Straße steht.

„Zurück!"

„Deckung!"

Verwirrung unter den Nachrichtenmännern, die Deckung in und unter den Fahrzeugen suchen.

„Von wegen still und einsam", muss ich denken.

Aus zwei oder drei Häusern zwitschern die blauen Bohnen heran, die uns um die Ohren fliegen.

Ich beobachte, wie sich hier und da ein Ziegel auf den Dächern lüftet, und schon saust wieder eine Ladung zu uns herüber. Aus einer Dachluke blitzt plötzlich das Feuer eines feindlichen Gewehres auf.

Handgranaten fliegen durch die Luft.

Dort schleichen sich fünf Nachrichtenmänner in kurzen Sprüngen, an die Häuser heran, aus denen wir beschossen werden.

Sekundenschnell spielt sich alles ab.

Ein Krachen.

Spannung.

Pulverqualm.

Aufgeregtes Herausstoßen von Worten, der Atem geht schwer.

Wieder kracht es, jetzt ununterbrochen, rasch hintereinander, dann ineinander und steigert sich unversehens zu einem Höllenlärm.

Stichflammen schießen aus den Häusern der Heckenschützen. Dachziegeln, Balken und Mauerstücke fliegen durch die Luft.

Unseren Männern war es nach kurzer Zeit gelungen, geballte Ladungen durch die offenen Fenster in die Häuser zu werfen und die Widerstandsnester der Partisanen in die Luft zu sprengen.

Die Häuser gehen in Flammen auf und nicht einer der Heckenschützen kommt mit dem Leben davon.

Hoffentlich haben wir jetzt Ruhe vor diesen hinterlistigen Feinden.

Erst als wir untergezogen sind, haben wir Zeit uns umzusehen. In der Kahlheit der Landschaft ragt mitten aus dem Fluss eine große, grüne Insel heraus.

Abends stehe ich auf der Höhe der Uferböschung und blicke in die Ferne. Wenn nicht Krieg wäre, könnte man die Bilder, die sich mir hier bieten, als friedlich bezeichnen.

Fern am Horizont, dort bei den Flussübergängen, ist der Himmel erleuchtet durch Leuchtbomben, die an Fallschirmen hängen. Wie kleine Lampen werden sie vom Wind dahin getrieben. Dann steigen die silbernen Ketten der Leuchtspur der leichten Flak an den Himmel empor, dass Mündungsfeuer, der Schweren erhellt den Horizont mit rotem Licht und die Geschosse platzen wie Sterne in der Luft.

Hinzu kommt der dumpfe Knall der Granaten.

Dies spielt sich alles in stockfinsterer Nacht ab, wo hoch oben am Himmelszelt sich der Sternendom wölbt und in der Ferne mitten drin die Sichel des abnehmenden Mondes leuchtet.

Wenn dann wie jeden Abend, die Genossen, die russischen Flieger, über unser Lager hinwegbrausen, verzieht sich alles still wie ein Mäuschen.

Ich habe meine Schreibstube in einem Haus eingerichtet, doch geschlafen wird im altvertrauten Zelt, das einem doch langsam zur zweiten Heimat geworden ist.

Das Zelt ist zum Schutz gegen Bombensplitter und zugleich gegen die Nachtkühle über einen halben Meter tief in die Erde eingegraben.

Die Nacht mit all ihren Geräuschen umhüllt einen da, und gar herrlich kann man in der frischen Luft schlafen. Sind auch manche

Geräusche nicht so friedlich, doch voller Geheimnisse steckt die Luft der Nacht.

Bis es wieder weiter geht, erfüllen die Leute Tag für Tag die Aufgaben des Nachrichtenmannes.

Und es geht weiter, immer weiter nach Osten, durch leicht welliges Steppengelände, vorbei an einzelnen verstreut liegenden Getreidefeldern, deren Halme kaum 30 bis 40 Zentimeter hoch werden und deren Frucht danach ist. Hier und da sind in dem trockenen Erdboden verlassene Stellungen und Spuren der schweren Kämpfe unserer kämpfenden Truppen sichtbar.

Einzelne Fahrzeuge liegen links und rechts der Straße umgekippt. Räder sind abgerissen, Kettenteile der gepanzerten Fahrzeuge säumen den Rand der Vormarschstraße. Patronenhülsen liegen umher und aus dem Sand ragen Panzerhindernisse. Von Kugeln und Granatsplittern durchlöcherte Stahlhelme kennzeichnen unseren Weg.

Wir marschieren die Nacht durch. Als im Osten der anbrechende Morgen über das leicht wellige Steppengelände blinzelt, erreichen wir einen Fluss.

Weit hinten am Horizont, der 30 Kilometer, wenn nicht noch weiter entfernt ist, färbt sich der Himmel ganz langsam rot und plötzlich kommt die glühend rote Scheibe der Sonne zum Vorschein.

Über dem Fluss liegt dichter Nebel, darüber die klare Luft und oben das helle Morgenrot.

Langsam vertreibt die Sonne den Nebel, kaum ist sie sichtbar, machen sich schon die wärmenden Strahlen bemerkbar. Die Sonne senkt ihre Krallen wieder zur Erde.

Nur der Tau auf den dürftigen Gräsern und Pflanzen fehlt. Kein Blümchen reckt sich wohltuend der Sonne entgegen. Aber eigenartig und schön ist die Natur doch.

Kreidefelsähnlich ist der Boden hier. Die Sonne verwandelt die Oberfläche in eine helle Staubschicht, die beim geringsten Luftzug durch die Fahrzeuge, bei jedem Schritt eines Soldaten in die Luft gewirbelt wird.

Still und ruhig fließt unten das Wasser.

Rasch sind wir untergezogen, Fahrzeuge getarnt und die Arbeits- und Betriebsbereitschaft hergestellt. Die Kameraden des Bauzuges haben sich sofort auf den Weg gemacht, um die Verbindung herzustellen.

Der Alltag des Nachrichtenmannes hat uns wieder.

Nichts ändert sich in diesem Standort im Anblick für das Auge. Nur der dunkle Rauchpilz in der Ferne ist größer geworden, die große Rauchfahne über Stalingrad, dem München Russlands. Doch bald wird der Tag kommen, wo dieses wichtige Gebiet der Sowjetunion uns zugänglich ist.

Eine stolze bolschewistische Festung nach der anderen fällt, liegt zerschmettert am Boden. Nicht Heldentum ist der verbissene Kampf der bolschewistischen Soldaten, sondern nur das gedankenlose, geistarme Fortsetzen ihres Lebens im Kampf. Mögen sie früher einmal anders gewesen sein, doch heute sind der Geist und das Leben der Russen Stalins grau und eintönig wie ihre Uniform. Der einzelne Charakter, der einzelne Geist gilt nichts, sondern nur die Masse.

So war früher der Kommunismus bei uns, da galt das Wort des Einzelnen nichts. Die Kommunisten sprachen und lehrten nur von einem Proletariat, ballten alles zur Masse zusammen, plapperten sinnlos grelle Schlagwörter hinaus und machten sich selbst minderwertiger, als sie waren.

Im Wohnungsbau findet man den typischen Vergleich der Menschen zwischen Nationalismus und Bolschewismus. Hier die großen Mietskasernen mit ihren Höfen ohne Licht, Luft und Sonne und dort die Arbeitersiedlungen Adolf Hitlers mit grünenden und blühenden Gärten. Dort der Mensch als Mieter, hier als Herr im Eigenheim.

Heute Nacht hatten wir das erste Eis auf unseren Waschschüsseln. Kalt ist es gegen Morgen im Zelt geworden. Ja, ja, der Winter meldet sich so langsam an.

Um 5.30 Uhr sitze ich bereits am Fenster des russischen Bauernhauses, in dem ich meine Unterkunft bezogen habe. Durch das weit geöffnete Fenster strömt klare, reine Luft herein. Vor der Kate fällt das Land leicht bis zum Fluss, der stahlblau und ruhig dahin fließt.

ERNST-ULRICH HAHMANN / EDELWEISS KNABE

霊気 Reiki

Heilende Hände

Energiemassage
für
Körper, Geist und Seele

KURZ UND BÜNDIG
EIN VERSUCH REIKI ZU ERLÄUTERN FÜR JEDERMANN

Was ist Reiki?

Ist es Blödsinn, Humbug oder gar Spinnerei? Oder ist etwas an der Sache dran? Ich wusste es nicht als ich das erste Mal etwas von Reiki hörte und es ließ mir keine Ruhe der Sache auf den Grund zu gehen. Auf der Suche nach der Antwort auf diese Problematik beschäftigte ich mich intensiv mit der angeblichen Energiemassage für Körper, Geist und Seele. Was ich dabei heraus fand überraschte mich selbst und ich hielt es für notwendig die gewonnenen Erkenntnisse in den vorliegenden Aufzeichnungen festzuhalten. Die Niederschrift möge all denen eine plausible Antwort geben, die vor der gleichen Unwissenheit stehen, wie ich einst. Bei der Nachforschung zur Lösung der Frage: Was ist Reiki? Stand mir meine Partnerin mit Ihrem umfangreichen Wissen zur Seite und hat somit einen großen Anteil bei der plausiblen Beantwortung. Ich kann den Leser jetzt viel Spaß und Kurzweil beim Lesen dieser Lektüre wünschen.

Leseprobe

Dr. Chujiro Hayashi hinterließ in seinen Unterlagen folgende These: Reiki findet die Ursache der physischen Symptome, gleicht die benötigten Schwingungen aus beziehungsweise füllt diese mit Energie, sodass die Gesundheit wiederhergestellt wird.

Diese Beschreibung der Wirkungsweise ist einleuchtend, jedoch wissenschaftlich nicht nachweisbar. Die Wirkung von Reiki ist bei jedem Menschen anders. Wird Reiki als Hilfe zur Selbstheilung eingesetzt, so sucht sich die Energie einen Weg, um den Menschen ganzheitlich zu heilen. Dabei kann es vorkommen, dass sich die sichtbaren Krankheitssymptome anscheinend nicht verändern. Die „Heilung" der Symptome kann teilweise erst lange nach Beginn der „Behandlung" einsetzen. Oftmals verschlimmert sich das Krankheitsbild, klingt dann aber bald ab und die Krankheit ist geheilt bzw. soweit eingedämmt, dass sie keine Folgen mehr hat.

Reiki regt die Selbstheilungskräfte an und verbindet Körper, Geist und Seele. Durch Reiki wird unser Innerstes wieder an diese Ursprünglichkeit erinnert - an etwas, was schon immer da war und ist.

Der freie Wille des Reiki Empfängers wird durch die Reiki Energie niemals beeinflusst. Die Reiki Energie fließt bei einer Anwendung dorthin, wo sie am meisten benötigt wird und wie es für den Empfänger angemessen ist.

Reiki entspannt und steigert das innere Wohlgefühl, ist ideal zum Abbau von Stress, Kraft tanken, entspannen und seine innere Ruhe wieder zu finden. Reiki ist aber auch ein in Kontakt treten mit der eigenen Intuition, der inneren Stimme, ein spiritueller Weg zu sich selbst.

Das Ziel von Reiki ist es also, Harmonie herzustellen auf allen Ebenen des Seins, also im Körper, im Bewusstsein, im Aura Feld und im seelischen Bereich. Das Ergebnis ist Ganzheit, Heilung, Gesundheit und Freiheit von Blockaden.

Reiki (Lebensenergie) ist überall vorhanden, in und um uns. Lebensenergie ist die Grundlage allen Lebens. Unser Körper nimmt sie ständig aus der Umgebung auf, um existieren und seine Aufgabe erfüllen zu können.

Dies ist genauso wie das Atmen. Durch Atmen wird Lebensenergie aufgenommen. Viele Menschen „vergessen" manchmal zu atmen, sie atmen nur flach oder mit geringem Volumen. Dies ist oft ein Grund für eine Unterversorgung mit Lebensenergie.

Ein weiterer Grund für den Mangel an Lebensenergie kann eine Fehlfunktion der Energiebahnen und Energiezentren sein. Energiebahnen (Meridiane) und Energiezentren (Chakren) können verstopfen und ein Energiemangel kann auftreten. Abwesenheit von Gesundheit ist die Folge und der Körper spricht als helfende Stimme, um den Mangel an Harmonie, an Liebe und Verbundenheit bewusst zu machen.

Hier kann Reiki helfen zur Harmonie zurückzukehren, wenn der Empfänger die Hilfe wirklich möchte, wenn er wirklich bereit ist für Wachstum, Veränderung, Bewegung und Selbstverantwortung. Ohne die innere und äußere Bereitschaft muss der Körper immer *wieder signalisieren, weil es seine Aufgabe ist, den Mangel bewusst zu machen.*

So gibt es gelegentlich „Spontanheilungen" als Folge einer einzigen Sitzung durch Handauflegen. Geringfügige Leiden wie Kopf- oder Magenschmerzen, Husten und Muskelschmerzen werden häufig, nicht immer, innerhalb von Minuten ausgeglichen.

Reiki zu nutzen für das ewige Jetzt, kann uns vergangene oder zukünftige Geschehnisse vergessen lassen. Es ist so leicht, angenehm und erfrischend, in den gegenwärtigen Moment einzutauchen, während wir uns oder andere berühren. Dieser besondere Moment gibt totale Freiheit, fern von guten oder schlechten Erinnerungen, unseren alltäglichen Ängsten und zukünftigen Plänen und Sorgen.

Wie erwähnt, wirkt Reiki auf allen Ebenen:

* ❋ *der körperlichen,*
* ❋ *emotionalen und*
* ❋ *seelischen Ebene.*

Im Folgenden wird auf die Wirkung von Reiki, durch die Verwendung von Stichwörtern, auf die jeweiligen Ebenen eingegangen.

<u>Wirkung von Reiki auf die physische Ebene:</u> Stressabbau - Entspannung - Beruhigung - Stärkung des Immunsystems - Bewirkung niedriger Krankheitszustände - Reinigung von Giftstoffen - erstaunliche Heilung bei z. B. Neurodermitis, Allergien, Krebs, Nervenreizungen, Asthma, Tumore, Schuppenflechte, beschleunigte Heilung von Wunden.

<u>Wirkung von Reiki auf die spirituelle Ebene (anderer, tieferer Aspekt unseres Geistes):</u> Meditation, feine größere Aura, Verbindung mit höheren Ebenen, Entwicklung der spirituellen Fähigkeiten, Bewusstseinserweiterung, Vertrauen in den göttlichen Plan, die Sinnhaftigkeit des Lebens erkennen.

Als einfache Selbstbehandlungsmethode haben wir Reiki jederzeit zur Hand. Schon eine Kurzbehandlung hilft uns Stress abzubauen und gibt uns neue Kraft und geistige Klarheit für den Rest des Tages.

Ernst-Ulrich Hahmann

JÖRG SEEDOW

Ein Journalist auf Spurensuche

Der Leichenschänder

Gleichgültigkeit und Verrohung hatten sich in der Kriegs- und Nachkriegszeit in Deutschland breit gemacht. Und die, die nach der Teilung Deutschlands die Grenzen zwischen den Gebieten der Besatzungszonen überschritten, zählten oft zum „Strandgut des Krieges". Raub und Mord gehörten in den Grenzgebieten hervorgerufen durch die Nachkriegszustände, zwangsläufig zur Tagesordnung. In einsamen Waldstücken, abgelegenen Landstrichen und in Brunnenschächten gab es bisweilen grausige Funde, die Leichen erschlagener, missbrauchter und zu meist ausgeraubter Frauen. Obwohl diese zunächst als ungelöste Fälle in den Akten der Justizbehörden eingingen tauchte bei der Rede über diese Frauenschicksale immer wieder die Gestalt eines Mörders auf, der in der frühen Nachkriegszeit „im Dschungel des Zonenniemandlandes" unter den allein reisenden Frauen seine Opfer suchte und fand. Ihm zu begegnen gehörte zum Gefährlichsten und Grausigsten was einer Frau in dem unsicheren Grenzgebiet widerfahren konnte. Wie ein Irrlicht tauchte der Mörder bald hier, bald dort auf, mal mit Komplizen, mal allein und hinterließ eine blutige Spur zwischen der sowjetischen und den westlichen Besatzungszonen. Das Motiv für seine Morde war der blanke Sadismus. Das Töten wurde für ihn zum Ersatz für den normalen Geschlechtsverkehr, den er nicht ausüben konnte. Die Bluttat allein verschaffte ihm sexuelle Befriedigung.

Leseprobe

Helle Aufregung herrschte in Zorge als Jörg Seedow in dem Harzort eintraf. Im ersten Moment wurde er aus dem vielen Gerede nicht so richtig schlau, doch dann bekam er mit das ein Mord geschehen war. Ihm wurde berichtet, dass man eine bestialisch zugerichtete Leiche im nahen Flusslauf und die zurückgelassenen Tatwaffe gefunden habe.

Bei der Leiche handelte es sich um den 52j-ährigen Bennen, einen Hamburger Kaufmann.

Knapp zwei Stunden nach dem Fund der Leiche hatten die Beamten der Mordkommission, einschließlich der mitgebrachten Spezialisten am Tatort ihre Arbeit aufgenommen. Scheinwerfer wurden aufgebaut, Werkzeuge und Apparate ausgeladen, eine Kamera mit Objektiv aufgestellt, als sollte ein Film gedreht werden.

Bei der Spurensuche wurde festgestellt, dass eine verdächtige Spur, von der Hintertür des nächsten Hauses zu kommen schien. Nach der näheren Untersuchung der Fußabdrücke stellten die Kriminaltechniker fest, dass hier eine Person rückwärts gelaufen war.

Eine falsche Spur, die der Täter gelegt hatte.

Und wieder wurden die weiteren Nachforschungen eingestellt.

Nur Jörg Seedow ließ nicht locker. Er unterhielt sich mit Zorger Bürger, ging jeden Hinweis nach.

Ein Verkäufer erkannte nur wenige Tage nach dem Mord die Tatwaffe. Die Axt war bei ihm gekauft wurden und er identifizierte als Käufer einen gewissen Rudolf Pleil.

Also doch!

Jetzt war sich Jörg Seedow sicher das der Pleil etwas mit den Frauenmorden zu tun haben musste, nur schenkte ihm niemand glauben. Es schien keine Verbindung zu den anderen Morden zu bestehen.

Seine Vermutungen wurden als Hirngespinste abgetan, wie es zuvor bei den Polizisten aus Vienenburg geschehen war.

Die Suche nach Pleil blieb zunächst erfolglos.

Eine Woche später kam Jörg Seedow dazu, wie im Ort die Polizei gerade einen Mann festnahm. Nach der Personenbeschreibung, die er kannte, konnte es nur Rudolf Pleil sein.

Und es war Rudolf Pleil.

Am nächsten Tag brachte Jörg Seedow in Erfahrung, wie es dazu gekommen war.

Arglos war Rudolf Pleil nach einer Woche zurückgekehrt, ohne zu wissen, dass er als vermutlicher Mörder von der Polizei gesucht wurde. Er näherte sich Zorge auf dem Weg von Benneckenstein über Hohegeiß. In seiner Begleitung befand sich ein junges Mädchen. Er lief am Ortseingang an einem Haus vorbei, vor dem ein Waldarbeiter und ein junger Mann standen. Der junge Mann war ein Forstlehrling aus Zorge.

Die beiden unterhielten sich und schauten dem vorbeigehenden Pärchen hinterher.

Für Pleil war es Pech, das er hier vorbei laufen musste. Der junge Mann erkannte in ihm die Person, die er vor der grausamen Tat mit Bennet, nachts auf dem Waldweg gesehen hatte.

Der Forstlehrling ließ sich gegenüber den Vorbeilaufenden nichts anmerken flüsterte dem Waldarbeiter seinen Verdacht zu: „Du, den kenne ich doch, das ist doch der Mörder von dem Bennen."

„Blödsinn der kommt doch nach einer Woche nicht wieder hier her zurück."

„Doch das ist er. Ich bin mir ganz sicher."

„Du spinnst!"

„Wirst es sehen, in Zorge werden sie ihn gleich haben!" Nach diesen Worten ließ der Forstlehrling den Waldarbeiter stehe, benachrichtigte über das nächste Telefon die zuständige Polizeiwache und folgte auf seinem Fahrrad den beiden in sicherer Entfernung.

Pleil, der sich angeregt mit dem Mädchen unterhielt, bemerkte von alledem nichts. So war er überrascht, als im Ort der zuständige Polizeibeamte ihn anrief: „Hallo bleiben Sie mal stehen!"

„Was wollen sie, denn von mir. Ich habe doch nichts gemacht!"

„Das werden wir schon sehen. Weisen Sie sich erst einmal aus."

Pleil zog seinen Ausweis aus der Tasche, ein Dokument aus der sowjetischen Besatzungszone und reichte ihn den Beamten.

Der Polizeibeamte schlug dieses auf und meinte: „Sie sind Pleil, Rudolf Pleil?"

„Wenn das so in den Ausweis steht, wird das schon stimmen. Wer sollte ich den sonst sein?"

„Dann muss ich sie wegen Mordverdachtes an den Hamburger Kaufmann Bennet festnehmen!"

Der Kalte Krieg trennte die Welt vierzig Jahre lang in zwei Blöcke. Die Grenzen dieses globalen Konfliktes, der vom politischen wie ideologischen Gegensatz zwischen den USA und der Sowjetunion dominiert wurde, verlief mitten durch Deutschland und mitten durch die Stadt Berlin. Als *„innerdeutsche Grenze"*, als *„deutsch-deutsche Grenze"*, als *„Staatsgrenze der DDR zur Bundesrepublik Deutschland und zu Westberlin"* aber auch als *„Zonengrenze"* wurde diese 1.378 km lange Grenze zwischen der DDR und der BRD bezeichnet. Seit den 1960er Jahren wurde diese Grenze durch die DDR immer stärker ausgebaut um die Massenflucht in den Westen zu unterbinden. Die Fluchtbewegung aus der DDR umfasste alle Bevölkerungsschichten. Die Gründe für eine Flucht waren zahlreich und individuelle. Eine Vielzahl von Verboten und Einschränkungen im gesellschaftlichen Leben rief bei vielen Menschen Unzufriedenheit und Ablehnung der sozialistischen Verhältnisse und deren Ideologie hervor. Zu diesen Menschen gehörte die Person, die in der vorliegenden romanhaft gestalteten Handlung versuchte die DDR über die Grenze nach Niedersachsen illegal zu verlassen. Mit welchen Schwierigkeiten sie dabei zu kämpfen hatte und ob die Flucht gelang, davon möge sich der geneigte Leser beim Lesen der vorliegenden Lektüre selber ein Bild machen. Jahre später im Herbst 1989 machten die Vorgänge die revolutionärere Natur waren, ein für alle Mal damit Schluss, dass Menschen auf dem Weg in die Freiheit um ihr Leben bangen mussten. Es war eine friedliche Revolution, getragen von dem Ruf *„Keine Gewalt"* und von der Macht der Worte und der Kerzen. Noch nicht einmal ein ganzes Jahr dauerte es danach, bis die DDR am 3. Oktober 1990 durch den Beitritt der neuen Bundesländer zur Bundesrepublik Deutschland zu existieren aufhörte.

Leseprobe

Im Laufschritt war Felix Kruschke zwischen den Holzstapeln auf dem hellbeleuchteten Lagerplatz verschwunden. Den nächsten Zaun überwindend kroch er anschließend im Schutz des Strauchwerkes den anschließenden Hang hinauf.

Wie ein dunkles Gebirge stand vor ihm der Wald in der Nacht. Erst als er lautlos und gebückt im Unterholz des nahen Gehölzes entschwunden war blieb Felix keuchend stehen.

Sein Atem keuchte.

Das Dunkel des Kammerforster Waldesdickicht nahm die flüchtende Gestalt schützend auf.

Die Angst gestellt zu werden setzte bei dem Flüchtenden nie geahnte Kräfte frei, auch wenn er die Polizisten nach kurzer Zeit abgehängt hatte. Er war sich sicher, diese würden jetzt die Grenzkompanie benachrichtigen und was dann?

Er kannte das Szenarium was auf so einer Meldung erfolgte, aus seiner Dienstzeit als Grenzsoldat.

Ohne sich einmal umzusehen hetzte der 21jährige den Waldweg hinauf weiter in westlicher Richtung. Am Waldrand angekommen lag vor ihm freies Feld. Für einen Moment blieb er stehen, um für einen Moment zu verschnaufen. Bevor er vor der Lochmühle das freie Feld überquerte beobachtete er das Gelände.

Alles war ruhig.

Nichts Verdächtiges.

Kein Stern am Himmelszelt. Eine unheimliche und schaurige Nacht, wie gemacht für seine Flucht.

Weiter ging es im Laufschritt auf einen Feldweg Richtung Steinberg, an dem flach ansteigenden Hang entlang.

Auf der freien Fläche und überall dort, wo die Bäume am Tag einen Spalt für die Sonne freigaben war der Schnee fast völlig weggetaut. Der Rest der Schneedecke hatte sich mit einer hässlichen grauen Schicht überzogen, braune Ackererde und dunkler Waldboden schimmerten unter der dünnen Schneedecke hervor.

Die Kälte der Nacht, hatte den am Tage von den ersten warmen Sonnenstrahlen aufgeweichten Boden wieder gefrieren lassen. So *blieb die schemenhaft dahineilende Gestalt vom zähen Schlamm der auftauenden Wege, die bergauf und bergab führten, verschont.*

Zwischen dem rechts liegenden Steinberg und der links liegenden Ortschaft Gudersleben ging es zum Lindhay, Richtung Staatsgrenze West.

Zu Boden gefallenes Geäst der nahen Büsche knackten unter seinen Füßen.

Er hielt inne um Luft zu schöpfen.

Halt! War da nicht etwas?

Ein Geräusch!

Noch immer knackte es im Gebüsch.

Wie zu einer Statue erstarrt blieb Felix Kruschke stehen.

Es verging eine Minute, eine weitere Minute.

Ein erneutes Geräusch ließ den Flüchtling zusammenschrecken.

Ein Rascheln und ein Schatten im Unterholz und den ein „Mrrr, mrrr, mrrr ...!"

Kruschke atmete erleichtert auf. Ein Wildschwein, das dort auf Futtersuche durch das Gestrüpp schlich, hatte ihm einen nicht kleinen Schrecken eingejagt.

Und weiter ging es.

Er rannte, strauchelte, erhob sich, stürzte voran ...

Keuchend blieb der 21-jährige hin und wieder im Schutz eines Gebüsches, eines Baumes stehen, um Atem zu holen. Tannennadeln, die in seinen Kragen gerutscht waren, wischte er zum wiederholten Male aus dem Genick.

Die Silhouetten der Bäume und Sträucher wirkten geisterhaft, wie Gespenster.

Es herrschte eine trügerische Ruhe.

Beherzt ging es jetzt weiter bis zur Ortsverbindungstraße Ellrich - Gudersleben. In dem Moment wo er diese überqueren wollte, stutzte er.

War da nicht ein Fahrgeräusch?

Felix Kruschke schaute angestrengt die Straße entlang Richtung Ellrich, aus der das Geräusch zu kommen schien.

War da nicht ein Lichtschein?

Ja, es war das immer größer werdende Licht eines Scheinwerfers das auf der Straße immer näher kam.

Mit einen Satz verschwand Felix Kruschke im Straßengraben, presste sich an die Erde und hatte in diesem Moment nur noch den einen Wunsch ein Mäuschen zu sein, das im nächsten Mausloch verschwinden könnte.

Aber er war kein Mäuschen. Dafür perlte ihm, trotz der Kälte der Schweiß von der Stirn.

Die Verfolger!

Oder narrte ihn die Sinne!?

Der sich immer mehr nähernde Lichtschein, begleitet vom Knattern eines Motors, tauchte die kahlen Bäume rechts und links der Straße in ein gespenstisches Licht.

Es war eine Motorrad das da auf der einsamen Landstraße heran radaute. Tief über den Lenker gebeugt saß der Fahrer auf der roten 250ger Jawa, schaute nicht nach rechts und links. Er schien mit der Maschine verwachsen zu sein.

Erst als der Lichtschein des Krades hinter der nächsten Wegbiegung verschwunden war, eilt Felix Kruschke in kurzen Sprüngen über die Straße und lief den langansteigenden Hang zum vor ihm liegenden Waldrand hinauf.

In der tiefdunklen Nacht, keine Stern funkelte am nächtlichen Himmel, befand der Flüchtling sich jetzt nur 400 Meter vom Grenz- und Sperrsignalzaun entfernt, der direkt am Waldrand entlang führte.

Manchmal aufrecht und manchmal in gebückter Haltung lief Felix Kruschke über das freie Feld. Je näher er dem Zaum kam, desto gigantischer schien er in die Höhe zu streben. Die ca. 3,2 Meter waren schon eine ernst zu nehmende Höhe.

Irgendwie kam Kruschke alles seltsam fast unheimlich vor. Bisher nirgends ein Anzeichen, das nach ihm gesucht wurde.

Das war doch nicht normal.

Oder hatten die sich eine neue Schweinerei ausgedacht und ihm eine Falle gestellt von der Garnichts ahnte?

Woher sollte Kruschke es wissen, dass ihm bisher ein ungeahnter Glücksfall bei seiner Flucht zur Seite gestanden hatte. Auf Grund der Verzögerung in der Meldekette, beginnend bei den VP-Angehörigen Kückler und Krause, das nicht Zustandekommen einer Verbindung durch den OdH des VPKA Nordhausen zur 4. GK bzw. der zuständigen 2. GK konnte erst mit der Einleitung der entsprechenden Sicherungsmaßnahmen an der Grenze begonnen als Kruschke kurz vor dem 1. Grenzsignalzaun stand.

Rechtzeitige Sicherungsmaßnahmen zur Vereitelung eines Grenzdurchbruches waren auf Grund dieser Tatsache objektiv durch die in Liebenrode liegende Grenzkompanie nicht mehr möglich.

Ein ungeahnter Vorteil, von dem Felix Kruschke nicht das geringste ahnte.

Endlich stand Kruschke vor dem 1. Grenzsignalzaun, konnte es nicht fassen, dass er es soweit geschafft hatte. In gebückter Haltung lief er an dem Zaun mit den obenliegenden sogenannten V-Abweisern entlang. Der gesamte Zaun stand unter Schwachstrom und würde auf jede Berührung reagieren und seiner Funktion als Signalzaun gerecht werden.

Das wusste er.

Irgendwie musste doch dieses Hindernis zu überwinden sein. Endlich fand er eine Stelle an der, der Grenzzaun unterspült war.

Auf allen vieren kriechend überwand er den davor verlaufenden Plattenweg.

Obwohl ihm der überstandene Schreck mit den beiden Vopos immer noch mächtig in den Gliedern steckte versuchte er die Übersicht zu bewahren.

Jetzt nur nicht durch eine unvorsichtige Bewegung den Grenzsignal auslösen.

Und dann wurde die Sicht von Minute zu Minute auch noch besser. Die vereinzelt blinkenden Lichter des Ortes Gudersleben waren deutlicher zu erkennen. Die Wolken begannen sich am Himmel zu verziehen und die sternklare Nacht, die hoch über ihm zu erstrahlen begann ließ die Temperaturen unter den Gefrierpunkt sinken.

Das hatte gerade noch gefehlt.

In der Ferne schrie ein Kauz. Und der Wind trieb die hellen Schläge einer Turmuhr durch die Stille der Nacht.

ERNST-ULRICH HAHMANN

Welt der Heimatsagen

Sagen und Geschichten
aus dem Werratal

DREIZUNGEN ÜBER BAD SALZUNGEN BIS VACHA

Die Heimatsagen sind ein bedeutender Bestandteil der nationalen Poesie und legen Zeugnis ab von der künstlerischen Kraft des Volkes. In Volkssagen sind immer Landschaften, Städte, Dörfer oder Häuser Schauplatz der Handlungen. Die in diesem Band vorgestellten Heimatsagen beziehen sich auf Ortschaften, die im Werratal liegen, von Breitungen über Bad Salzungen bis nach Vacha.

Doch beschreibt uns die Sage nicht nur den Ort genau. Sie entwirft ein knappes, aber charakteristisches Bild von Menschen, über die sie berichtet.

Sagen sind nicht frei erfunden, ihnen liegt etwas tatsächliches Geschehenes zugrunde. Sie gehen von wahren Begebenheiten aus, die sich im Laufe der Jahre verändert haben und werden häufig mit Wunderbaren und Abenteuerlichen durchflochten.

Die phantasievollen Erklärungen verleihen unseren Sagen den romantischen, geheimnisvollen Schimmer, die man heute mit großem Vergnügen lesen kann.

Aus den Sagen spricht die Sehnsucht des Volkes nach einem Leben, das frei sein soll von Hunger und Fron, von Habsucht und jeglicher Unterdrückung. In den Sagen träumen die Menschen von gesellschaftlichen Verhältnissen, die ihren Wünschen entsprechen.

Ein großer Teil der Sagen stimmt ernst und nachdenklich, andere schildern lustige Streiche und Einfälle, hinter denen ein gut Teil Mutterwitz und Ironie steckt. Die „Welt der Heimatsagen" will unterhalten, erfreuen und die Phantasie beflügeln. Sie will aber auch ein tiefes Interesse wecken, sie möchte ein lebendiges Bild der Vergangenheit entstehen lassen, denn nur, wer die Vergangenheit seines Volkes wirklich begreift, wird die Zukunft meistern können.

Leseprobe

Da kam ein kleines graues Männchen in ärmlichem Gewande des Weges. Die Beinchen taten ihm vom vielen Laufen weh und der Hunger knurrte fürchterlich in seinem Magen. Er schritt durch das Schlosstor, ging über den beengten Hof und betrat ungesehen das Schloss.

Selbst die Knechte und Mägde hatten es nicht bemerkt, denn auch die zechten und tanzten im Schlosshof, wie ihre Herren oben im Festsaal.

Bescheiden blieb das graue Männchen an der Saaltür stehen und beobachtete mit lebhaften Augen das zügellose Treiben der übermütigen Gesellschaft.

Niemanden beachtete die verhärmte Gestalt.

Schließlich bat das Männchen mit leiser Stimme um ein wenig Brot und Wasser, sowie um ein karges Nachtlager für sein müdes Haupt.

Zornentbrannt ging der Schlossherr auf den ungebetenen Gast los, ergriff ihn an seinem zerschlissenen Rock und warf ihn kurzerhand aus dem Fenster hinab in den Hof.

Kaum war dies geschehen, da zogen fern über den Rhönbergen dunkel und drohend Gewitterwolken auf. Grelle Blitze zuckten über den schwarzen Himmel und dumpf grollte der Donner.

Johlend hatte die Menge, bis auf drei Damen die zu Gast waren, zu geschaut. Sie waren die einzigen, die den Schlossherrn beschwichtigen wollten und ihn baten, dem armen Mann doch ein Stückchen Brot und ein Nachtlager zu geben.

Alles Bitten war vergeblich.

Der Hausherr hetzte obendrein die Hunde auf den Armen. Hohn und üble Scheltworte klangen dem in panischer Angst fliehenden Männchen hinterher.

Kaum hatte sich das kleine graue Männchen vor den blutrünstigen Hunden in Sicherheit gebracht, da verzog sich sein faltiges Gesicht in maßloser Wut. Es drohte mit geballter Faust zum Schloss hinüber und rief mit lauter Stimme: „Verflucht sei dieses Haus und jeder Stein von ihm! Verflucht seien der Herr und all sein Gesinde, verflucht auch die Gäste auf alle Zeit! Versinken soll die frevle Brut in ewiger Finsternis!"

Kaum hatte das graue Männchen diese Worte ausgesprochen, zuckte ein greller Blitz hernieder, gefolgt von einem krachenden Donnerschlag. Erste Regentropfen prasselten nieder. Blasen bildeten sich dort auf dem lehmigen Boden, wo sie auftrafen. Kleine Fontänen spritzten hoch.

Auf der Stelle versank das Schloß mit seinem übermütigen Herrn und den johlenden Gästen donnernd und krachend in den Schoß der Erde. Dort, wo das Schloß gestanden hatte, spiegelte sich am anderen Tage das Licht der aufgehenden Sonne in einem kleinen, unergründlichen See, der in einem tiefen Kessel lag. Die Wasseroberfläche glitzert im hellen Schein der Morgensonne wie flüssiges Silber.

Den drei Damen, die den Armen gern eingeladen und keinen Anteil an der Härte und dem Hohn hatten, womit jener abgewiesen wurde, erging es nicht besser. Gleichwohl versanken sie mit dem Schloß. Aber es wurde ihnen vergönnt, alle Jahre zur Wildprechtrodaer Kirmeszeit als Nixen den Tanzsaal zu besuchen. Sie wurden hier ständig von den Burschen des Dorfes umworben und in einem fort zum Tanzen aufgefordert. Ihre liebliche und zarte Schönheit, ihr offenes Wesen und ihre Anmut ließen viele der Burschenherzen höher schlagen.

Pünktlich, mit dem Glockenschlag zwölf rüsteten sie zum Aufbruch und ließen sich durch kein Bitten, einen Augenblick noch länger zu bleiben, aufhalten.

Man wusste nicht, woher sie kamen, wohin sie gingen, man nannte sie nur die drei Jungfern aus dem Büchensee.

Ein Jäger aus Wildprechtroda, auf dem Heimweg von der Schnepfenjagd, sah die Drei einst in ihrem altmodischen Wagen vorbeifahren. Erstaunt folgten seine Blicke dem uralten Gefährt, in dem solch jugendliche Schönheiten saßen. Da er annahm, dass sie seine Herrschaft besuchen wollten schwang, er sich, um schneller vorwärts zu kommen, hinten auf den Kutschtritt.

Die Hufe der Pferde und die eisenbeschlagenen Holzräder wirbelten bei der rasenden Fahrt der Kutsche den Staub des Feldweges hoch auf und nahmen dem Schnepfenjäger jegliche Sicht. Mit einem

Male hörte er es rauschen, und unversehens spritzte schon Wasser über ihm zusammen. Geschwinde sprang er vom Kutschtritt und erreichte nur mit Müh und Not das rettende Ufer.

Der Wagen war in den Buchensee hineingefahren und verschwand gluckernd in der unergründlichen Tiefe.

Nass wie ein Pudel erreichte der Schnepfenjäger Hause und Hof.

Wieder einmal erschienen die schönen Jungfrauen zum Kirmestanz in Wildprechtroda. Nur diesmal gab es einen Burschen, dem es lieb gewesen wäre, wenn sie für immer blieben. Mit der Schönsten von ihnen tanzte er den ganzen Abend. Wonnetaumel ergriff den Jüngling und die Stunden verronnen wie im Fluge. Wie sie tanzten, was sie sprachen ward ihm die ganze Zeit nicht bewusst. Selbst das wirbelnde, jubelnde Festtreiben, das sie umgab nahm er nicht war. Tief schaute er in die leuchtenden Augen der schönen Jungfrau und sah in diesen das Paradies für sich blühen. Mit aller Klarheit wurde ihm bewusst, er liebte diese Maid. Diese Einsicht ließ alles andere in den Hintergrund treten. Der Bursche konnte nicht satt genug davon bekommen, ihrer lieblichen Stimme zu lauschen. Zärtliche Worte flüsterte er ihr ins Ohr. Nichts tat ihm mehr leid, dass sie jeden Abend nachts nach zwölf Uhr verschwunden war, während die Kirmes doch Tag und Nacht fortdauerte. Um sich von seiner Herzallerliebsten nicht trennen zu müssen, stellte er eines Nachts kurz entschlossen die Dorfuhr zurück.

Zwei der Jungfrauen erkannten das schändliche Spiel des Buben. Sie hielten ihre Zeit ein und kehrten rechtzeitig zum See zurück.

Die dritte ließ sich täuschen und blieb. Im steten Gespräch und Scherz merkte sie den Verzug der Zeit nicht, sie war etwas in den hübschen Kirmesburschen verliebt.

Da krähte der Hahn.

Mit einem fürchterlichen Schrei riss sich die Nixe los und stürzte laut jammernd dem See zu.

Erschrocken lief der Bursche ihr nach. Vergeblich bemühte er sich, sie zum Bleiben zu bewegen, konnte aber nicht verhindern, dass sich die Nixe in das hoch aufspritzende Wassers des Buchensees stürzte. Entsetzt weiteten sich seine Augen über das tosende

Brausen im Kessel, aus dem bald darauf ein starker Blutstrahl senkrecht emporschoss.

Als am folgenden Morgen etliche Leute am See vorbei kamen, hörten sie ein klägliches Wimmern und sahen einen blutig roten Fleck auf der Wasseroberfläche schwimmen.

Seit dieser Zeit kamen die Jungfrauen nimmermehr zum Kirmestanz nach Wildprechtroda.

Viele Jahre vergingen. Ein neuer Herr siedelte sich in Wildprechtroda an und die unheimliche Geschichte mit dem Schloss und dem traurigen Los der Nixen geriet langsam in Vergessenheit.

Bis, es muss wohl an einem heißen Sommertag gewesen sein, ein jugendlicher Mann auf seinem Weg nach Wildprechtroda am Buchensee vorbeikam. Verschwitzt wie er war, wollte er sich hier bei einem kühlen Bade erfrischen. Mit gleichmäßigen Schwimmzügen durchquerte er die sich leicht kräuselnde Wasseroberfläche und tauchte in der Mitte des Sees in dessen unergründliche Tiefe hinab. Lange blieb er verschwunden und ein jedermann musste annehmen, dass er ertrunken sei. Endlich, keiner wusste wie viel Zeit verstrichen war, teilte sich die Wasserfläche und der Kopf des Schwimmers tauchte aus der Tiefe der Flut auf. Das Gesicht verstört und bleich. In der Dorfkneipe erzählte er anschließend bei einem Humpen Rotwein, dass er gar wunderbare Dinge dort unten erblickt habe.

Einmal neugierig geworden, wollten die Dorfbewohner von ihm wissen, was er auf dem Grund des Sees gesehen und erlebt habe.

Doch der Mann schwieg beharrlich.

Von dem Gerede erfuhr der Schlossherr. Er schickte einen Diener aus, den Kerl auf sein Schloss einzuladen. Neugierig geworden, wollte er ihn nach den geheimnisvollen Geschehnissen auf dem Grund des Buchensees ausfragen.

Der immer noch verstört aussehende Mann rückte nicht mit der Sprache raus und beteuerte immer wieder: „So gerne ich auch wollte, ich kann nicht. Ich habe einen Eid bei meinem Leben schwören müssen".

Da sprach der Schlossherr: „Gut, dort mein Ofen ist kein Mensch, erzähle nun dem, was du gesehen, so brichst du deinen Eid nicht!"

ERNST ULRICH HAHMANN

Welt der Heimatsagen

SAGEN UND GESCHICHTEN
AUS DEM SÜDHARZ · VORLAND

NORDHAUSEN ÜBER ELLRICH BIS BAD SACHSA

Der zweite Band „Welt der Heimatsagen" nimmt Sie mit auf eine Reise quer durch die Sagen und Geschichten aus dem Südharz-Vorland, der ehemaligen Grafschaft Hohenstein. Es geht um Begebenheiten die von Menschen, unerklärlichen Ereignissen und Begegnungen erzählen. Der Leser schließt Bekanntschaft mit Hexen, Zwergen, Kobolden, Nixen, weißen Frauen, Rittern, Mönchen ... und mancherlei Spuk spielt dabei eine Rolle. So wurden viele Geschichten um den Harz gesponnen, und noch mehr Geschichten wurden an langen Winterabenden in den Näh- und Spinnstuben erzählt. Und diese Sagen und Geschichten leben immer noch. Früher erzählte sie manche alte Großmutter ihren Enkeln, und die Kleinen lauschten mit angehaltenem Atem. Heute kann man sie in einschlägigen Büchern nachlesen, wie in diesem. Freilich leben in diesen Geschichten Menschen einer früheren Welt, aber auch in diesen Menschen war die Sehnsucht, wie in uns, wach nach einem besseren Leben. Und wenn die Tage ihnen noch so schwer erschienen, sie gaben diese die Hoffnung nie auf. Ihre guten Herzen schufen die bessere Welt - und sei es nur in den Geschichten, denen einmal, das wussten sie alle, die Wirklichkeit folgen würde - freilich nicht von selber.

Oder ergeht es uns damit anders?

Es geht darum sich auf die starken Kräfte zu besinnen, die in unserer Volksdichtung ruhen, und sie zu neuem Leben zu erwecken, damit sie uns Mut, Freude und Zuversicht geben können. Und so wünsche ich dann viel Freude beim Lesen all dieser Geschichten aus dem Südharz-Vorland, die von Nordhausen über Ellrich bis nach Bad Sachsa reichen. Dabei wurde von der althergebrachten Erzählweise weitgehend abgegangen und die Geschichten und Sagen einer modernen Erzählkunst angepasst.

Leseprobe

Geräusche erwachten in der Stadt. Fensterläden klapperten, Türen fielen leise schnappend in die Schlösser und dazwischen immer wieder gedämpfte Stimmen. Hier und dort ging hinter den Fensterscheiben Licht an und aus den hellerleuchteten Fenstern schauten fragende Gesichter heraus.

Von Haus zu Haus wanderten leises Raunen und Rufen. Aber niemand wusste genau, um was es ging.

Keine Stunde war vergangen, da erhielt ein jeder, der Harzschützen ein geschnürtes Bündel, das er sich mit Hilfe von Tragebändern auf den Rücken schnallte.

Auch die Verletzen waren versorgt.

„Beeilung! Beeilt euch schon!" trieb der riesige Kerl, dem alles mit einmal zu langsam zu gehen schien, die Gleichgesinnten an.

Trotzdem verging eine halbe Stunde, ehe jeder Harzschütze sein Bündel auf den Rücken befestigt hatte.

„Vorwärts! Ihr geht in einer Reihe dicht hinter mir", gab der Anführer den Befehl zum Aufbruch.

Und sie gingen, einer hinter den anderen.

Zurück blieben der Wirt und die eingeschüchterten Ellricher, in deren Stadt diese Nacht kein Schlaf mehr einziehen wollte.

Die Harzschützen, wilde, verwegen aussehende Kerle, schlichen durch die dunklen Gassen zum Stadttor, das seltsamerweise weit offen stand.

Stephan, der alte Torwächter, war nirgends zu sehen.

Kaum hatte der Letzte von ihnen das weit geöffnete Stadttor passiert, knarrten die schweren Torflügel in ihren rostigen Angeln. Wie von Geisterhand bewegt, schlossen sie sich hinter ihnen.

Auf ausgetretenen Wiesenpfaden eilten die Männer den nahen Wald zu.

Tausende und aber Tausende Sterne blinkten und glitzerten am nächtlichen Himmel. Und der Mond tauchte die Landschaft und die Männer in ein diffuses Licht.

Wind strich durch die Zweige der Bäume, umschmeichelte die Büsche und kämmte das hohe Gras.

Nach einer viertel Stunde strammen Fußmarsches erreichten die Harzschützen, deren Gesichter im Schein des fahlen Mondlichtes maskenhaft starr wirkten, den Waldrand. Bald waren sie in ihm verschwunden. Das Schweigen des Waldes hielt sie umfangen. Nur das dichte Laub der hohen Buchen erzählte sich flüsternd über ihnen von den unter ihnen dahin schreitenden, von ihrer Not und der Gefahr, der sie entgegen gingen.

Der Weg führte die schweigsamen Männer durch einen düsteren Tannenwald, dann über eine mit Steinen und Geröll bedeckte Halde. Hier wuchs auf den kleinen und großen Felsblöcken dichtes Moos und zwischen ihnen Heidelbeersträucher und junge Bäume. Zu weilen waren zwischen den Felsen mächtige Tannen aufgeschossen, an deren Zweige graues Bartmoos lang herabhing. Durch die Wildnis plätscherte, von Farnkraut und üppigem Blätterwerk umsäumt, ein kleiner Bach. Diesen folgten die Harzschützen auf unwegsamen Pfaden in die Tiefe des Harzwaldes hinein.

Bald stiegen Berge empor, bald lagen tiefe Täler zur Seite.

Der nächtliche Aufenthalt der Harzschützen in Ellrich sollte nur kurze Zeit geheim bleiben. Irgend so ein Lump, der sich bei den Kaiserlichen lieb Kind machen wollte, wurde zum Verräter.

So kam der vierundzwanzigsten Mai im Jahre eintausendsechshundertsiebenundzwanzig heran. Ein Pfingstmontag, der ein herrlicher Tag werden wollte. Rot glühend stieg der Sonnenball im Osten empor und übergoss die Mauer, die Türme und die Dächer der Häuser der Stadt mit einer roten Glut als würde die Stadt in Flammen stehen.

Sollte dies ein Ohm auf das kommende sein?

Leise rauschend fuhr der Wind wirbelnd durch die Wipfel der Bäume und wiegte sanft das Röhricht an den verschilften Rändern der Sülzeyner Teiche.

Bunte Schmetterlinge tanzten in der sich durch die Strahlen der Morgensonne erwärmende Luft. Sogar eine Ente schwamm bereits auf dem oberen Teich, und fünf Küken piepsten hinter der stolzen Mutter her.

Ein Kuckuck ließ seinen lauten Ruf erschallen.

Den Horizont begrenzte die malerisch verlaufende Wellenlinie, der im lichten und dunklen waldesgrün prangenden Harzberge.

Da brach der Knall eines Schusses durch den klaren Morgen.

Jäh.

Zischend.

Der Hall wurde im vielstimmigen Echo von den nahen Harzbergen zurückgeworfen.

Dann einen Augenblick Stille, atemlose Stille.

Lebendig wurde es mit einmal im Walde, dort wo die Harzberge bis zwei Kilometer an die Stadt heranreichen. Neue Schüsse klangen aus der Richtung herüber. Schrei und Kommandorufe mischten sich mit ihnen. Plötzlich folgte ein wirres Durcheinander von Rufen, Kreischen, Lästern, dazwischen immer wieder Schüsse.

Ein schwer bewaffneter Reitertrupp tauchte aus dem Waldesdickicht auf. An der Spitze eine Gestalt mit heller Haut, glasigen Augen, einer verdreckten Uniform und einem blanken Säbel. Als dieser den Säbel in Richtung Stadt senkte, war es das Signal zum Angriff für die Reiter.

Urplötzlich ritten sie an.

Wie der Wirbelwind drangen die kaiserlichen Soldaten, oder waren es gar Tyllische Landsknechte, durch das offene Stadttor, jagten die menschenleeren Gassen und Straßen entlang.

Nicht ein Laut drang aus den Häusern, deren Türen und Fenster in aller Eile verbarrikadiert worden waren. Nur ein Hund, der alleine mitten auf der Straße dahin trottete, heulte kläglich. Aufgescheucht durch den wilden Haufen ergriff er mit lautem Gekläffe die Flucht.

Einige der mehr als ein Dutzend Reiter trugen hocherhoben plackende Fackeln in den Händen. Gleich hinter dem Auentor holten sie mit den Armen weit aus und schleuderte sie mit Schwung über ihre Köpfe hinweg.

Pfeifendes Zischen.

Hart, klopfende Aufschläge.

Die tückischen Wurfgeschosse erreichten ihr Ziel.

Auf das Dach eines kleinen Hauses waren die brennenden Kienspäne im hohen Bogen geflogen. Sofort züngelten blaugelbe

51

Flämmchen hoch, fraßen sich durch das Holz, wurden zu roten Flammenzungen, die sich gierig des morschen Gebälks bemächtigten. Die sich rasch knisternd ausbreitenden Flammen fanden in dem trockenen Holz der Verschalung reichliche Nahrung.

Lichterloh prasselte es in die Höhe.

Fahlroter Lichterschein zuckte über die Gesichter der Brandstifter, die Triumphgeheul ausstoßend weiter jagten.

Und dann zerriss ein Schrei den Morgen.

„Feuer ...! Feuer ...! Feuer ...!"

Fenster flogen auf und das Entsetzen spiegelte sich auf den Gesichtern der herausschauenden Menschen wider.

Ohne nur eine Minute zu verlieren, eilten sie herbei, Alt und Jung, Groß und Klein um sofort den Kampf gegen das Feuer aufzunehmen. Im Nu bildete sich eine Menschenkette, die trotz allen Unbills versuchte den Feuerteufel anzugehen. Eimer bis zum Rand gefüllt wanderte von Hand zu Hand.

Bei jedem Schwapp Wasser, der im Feuer verschwand, stieg eine weiße Dampfwolke empor. Für einen Moment zuckten die Flammen zurück, um dann noch stärker zu wüten.

Irgendwoher fuhr ein Windstoß in die Flammen. Höher loderten sie, wurden bewegt, tanzten nach vorn auf die vielen Menschen zu, die verbissen gegen das Feuer kämpften. Die wichen erschrocken zurück, rissen ihre Arme hoch um ihre Augen gegen den heißen Feuerhauch zu schützen.

Rötlicher Widerschein tanzte auf den Gesichtern der Menschen und malte ein Wechselspiel aus Licht und Schatten.

Klirrendes Bersten.

Vergeblich war alles Bemühen.

Als dann an zwei weiteren Stellen der Stadt die gelb-rötlichen Flammen aus den Dächern schlugen, nahm das Unglück seinen Lauf. Rasend schnell griffen die gefräßigen Flammen um sich. Ein Inferno aus hohen, gierig leckenden Feuerzungen sprang von Haus zu Haus und vollführten einen bizarren Tanz.

Flammen schossen hoch, sanken zusammen, züngelten gierig nach Nahrung und lohten dann wieder gelbrot auf.

Ernst-Ulrich Hahmann

Mit neunzehn im Kessel von Stalingrad

Tatsachenbericht

Miles-Verlag

Dieses Buch wurde auf der Grundlage von Tagebuchaufzeichnungen eines deutschen Landsers geschrieben, der seinen neunzehnten Geburtstag im Kessel von Stalingrad *feierte*. Von der eisigen Steppe, den Tod, Hunger und Entbehrungen träumte er als deutscher Soldat, im Zustand des *Kesselfiebers*, von der Befreiung aus dem Kessel der Roten Armee.

Drei Monate lang tobte die blutige Schlacht zwischen deutschen und sowjetischen Truppen um Stalins Stadt und das umliegende Gebiet westlich der Wolga. Überall, wohin man blickte, unbeerdigt Leichen, Kadaver, ausgebrannte Panzer, Trümmer und nochmals Trümmer. Der Schnee bildete ein Leichentuch für eine ganze Armee.

Auch wenn der Ausgang der Schlacht um Stalingrad einen psychologischen Wendepunkt im Zweiten Weltkrieg brachte, nutze es denjenigen wenig, der die Hölle von Stalingrad durchlebte und überlebte. Viele von ihnen waren für ihr weiteres Leben seelisch gezeichnet.

Leseprobe

Brandgeruch lag in der Luft, ein Hauch, der an den Rauch von Herbstfeuern über abgeernteten Feldern erinnerte und doch Tod und Verderben bedeutete.

Die Russen griffen wieder und immer wieder an.

Im Moment nahm das feindliche Feuer aus Maschinenpistolen und leichten Maschinengewehren an Intensität zu. Wie Glühwürmchen flogen die Geschosse dicht über den in Deckung liegenden Soldaten hinweg, dabei hatten sie das gefährliche Summen von Hornissen.

Zum wievielten Mal brüllte der Zugführer nun schon: „Die Russen kommen!"

Keiner wusste es zu sagen.

Direkt hinter Werner ratterte plötzlich, ohrenbetäubend, eine 2-cm-Flak los.

Die Geschosse pfiffen an ihm vorbei und mähten die angreifenden Russen von den Beinen.

Das Feuer lag gut. Die angreifenden sowjetischen Soldaten taumelten, warfen die Hände hoch, sanken nieder, stürzten nach vorn und überschlugen sich.

Getroffene wälzten sich schreiend im Schnee.

„Handgranaten fertig - Wurf!" Drei, vier, fünf Stielhandgranaten kreiseln durch die Luft, dann losbrechende Detonationen.

Die Angreifer suhlten sich im eigenen Blut.

Über die Toten und die Verwundeten hinweg stürmte die zweite Angriffswelle mit aufgepflanzten Bajonetten, Handgranaten oder Feldspaten in der freien Hand.

Die Feuergarben der 2-cm-Flak rissen immer wieder Lücken in die Reihen der angreifenden Russen. Allmählich lichteten sich die Linien.

Einzelne Russen gelang es das Feuer zu unterlaufen, sie blieben kurz stehen und warfen im großen Bogen Handgranaten in Richtung der Stellungen des Zuges. Kurz davor schlugen sie auf und detonierten krachend.

Erschrocken zog Werner den Kopf ein.

Geschossgarben der 2-cm-Flak griffen erneut nach den Angreifern und spielten ihr tödliches Lied.

Der Angriffsschwung der russischen Infanterie erlahmte.

War das die Wende?

Stellte der Russe den Angriff ein?

Wohl kaum. Es würden weitere folgen und so lange gegen die deutschen Stellungen gehen, bis es den Russen gelang, irgendwann einen Einbruch zu erzielen.

Irgendwie gewöhnte man sich an diesen Zustand. Das Krachen ließ einen nicht mehr so erschrecken. Man hatte ja das Notwendige zu seiner Sicherheit getan, ließ sich im Unterstand ruhig den Sand über den Kopf regnen oder verkroch sich im ausgebauten Splittergraben.

An was Werner sich nicht gewöhnen konnte war die Tatsache das in den Ruinen von Stalingrad Zivilisten hausten. Wenn er es nicht mit eigenen Augen gesehen hätte, würde er es nicht glauben.

An einem halb zerstörten Bahnwärterhäuschen saßen Zivilisten, alte Leute. Sie waren arm dran. Halb verhungert, jammernd und in ihren Lumpen frierend saßen sie dort und kochten über einem kleinen Feuer in einem Topf Pferdefüße. Zwischen Schutt und Asche, in Erdlöchern mitten zwischen stehen gebliebenen Ruinen der Häuser sollten Stalingrader hausen. Obwohl die Leute den Krieg hier aus nächster Nähe zu spüren bekamen, verließen sie ihre Häuser nicht.

Ein Höhlendasein führte die Stalingrader Bevölkerung, die nicht mehr fliehen konnte, in den Balkas.

Die Russen waren schon ein stures Volk.

Regelmäßig gegen 22.00 Uhr erschien der rote Flieger vom Dienst, die Nähmaschine. Aus geringer Höhe warf der Pilot des kleinen Doppeldeckers auf erkannte Ziele Bomben über Bord.

Da krachte es schon wieder.

Gefährlich nahe spritzten die Erdfontänen der Einschläge hoch.

In den folgenden Tagen griff der Gegner wiederholt mit schwächeren Kräften an. Zweifelsohne wollte er die Front abtasten. Dies hielt nicht lange an. Die sowjetischen Aufklärungskräfte wurden allmählich stärker, die Kämpfe härter und verlustreicher.

Immer öfter griffen russische Panzer an. Alle Kräfte mussten jedes Mal aufgeboten werden um sie zu stoppen oder zu vernichten.

Immer öfter war der Panzernahbekämpfer gefragt.

Erneut zog die Nacht herauf.

Werner kaute an einem Stück harten Kommissbrot. Zu dritt hatten sie sich den Rest aus dem Verpflegungspäckchen geteilt. Als Getränk mussten sie mit dem Wasser aus aufgetautem Schnee vorlieb nehmen.

Ende November gab das XXXXVIII. Panzer-Korps, zuletzt am rechten Flügel der 6. Armee in der Stadt eingesetzt, zwei seiner Divisionen an das LI. Armee-Korps ab. Seine dritte Division, die 29.I.D.(mot.) wurde Reserve der Heeresgruppe B.

Die Verpflegungsstärke betrug zu diesem Zeitpunkt nur 270.000 Mann. Doch für diese Zahl reichten die eingeflogenen Versorgungsgüter bei weitem nicht aus. Immer schlechter wurde die Verpflegung.

ERNST-ULRICH HAHMANN / EDELWEISS KNABE

Es gibt eine wunderbare Kraft ...

Es gibt eine wunderbare Kraft ...

REALITÄT, PHANTASTIK ODER WIRKLICHKEIT

"Der Schlüssel zum Glück!"

Glauben Sie an Wunder? Können unsere Gedanken und Gefühle das ganze Leben beeinflussen? Ist das schier Unmögliche möglich? Wo hört das Erklärbare auf, wo fängt das Unerklärliche an? Was müssen wir alles als gegeben hinnehmen oder einfach nur glauben? Gibt es diese Grenzen überhaupt oder verschmilzt beides miteinander? Fragen über Fragen!

Sie halten hier ein Buch in der Hand, in dem es um Dinge geht, die sich außerhalb unserer Vorstellungskraft abspielen. Lebensumstände, aber auch die Faszination des Themas brachte die beiden Autoren dazu, auf der Suche nach Antworten zu dieser Thematik, sich auf das glatte Eis des Unbekannten zu wagen.

Wenn Sie jetzt erwarten eine wissenschaftliche Abhandlung in der Hand zu halten, kann diese Frage teilweise nur mit „Ja" beantwortet werden. Auf dem Gebiet der wunderbaren Kraft der kosmischen Energie, des inneren Ich's, der Seele, muss man Dinge als gegeben hinnehmen. Die Wirklichkeit ist oft eine andere als die Realität, in einer Dimension unseres Daseins die für den menschlichen Geist unvorstellbar ist und es Phantasie bedarf, diese sich nur annähernd vorstellen zu können. Dabei geht es um die Beantwortung von Fragen, die sich mit der kosmischen Kraft beschäftigen oder was verbindet das „innere Ich" mit der Liebe? Welchen Einfluss hat die kosmische Energie auf die Selbstheilungskräfte des menschlichen Körpers? Weiterhin nehmen wir sie mit auf eine kleine Reise durch das Quantenuniversum.

Es geht uns darum, Neugier auf das Ungewöhnliche, Unbekannte zu wecken, was in der Endkonsequenz einen positiven Einfluss auf ihr weiteres Leben haben könnte.

Lassen Sie dabei Ihre Phantasie walten, bei den Dingen, die heute von keiner Wissenschaft erklärt werden können. Glauben Sie daran oder versuchen sie wenigstens daran zu glauben, dass es noch eine andere Ebene gibt, auf der vollständig andere Gesetze gelten, dass Dinge geschehen können, die jeder aus der heutigen Sicht der Menschheit für unmöglich hält.

Glauben Sie an die Macht des Glaubens!

Leseprobe

Können überhaupt schöpferische Antworten auf die Fragen gegeben werden, die in diesem Buch auftauchen?

Natürlich nicht!

Die Probleme aus unserer heutigen Sicht sind zu kompliziert und oft werden Gebiete betreten, die für die Menschheit Neuland sind. Überhaupt kann man selbst bei ernsthafter Betrachtung kaum eine erschöpfende Antwort auf all die aufgeworfenen Fragen und Probleme geben. Dies wäre anmaßend und überheblich. Deshalb geht es in diesem Buch nicht darum unanfechtbare Wahrheiten zu verkünden, sondern es geht um die Anregung den Blick für die Probleme des Unbegreiflichen, des Phantastischen zu öffnen.

Es ist doch so, dass wir neben den Fragen zu den praktischen Dingen des Lebens, nicht selten von solchen Problemen angezogen werden, die im Moment keine unmittelbare praktische Bedeutung für unser Leben haben. Und es werden immer mehr Menschen, denen es heute nicht mehr nur darum geht ihre materiellen Bedürfnisse zu befriedigen. Sie begeben sich auf den Pfad des spirituellen Abenteuers und betreten den Weg der Selbsterfahrung, der Sinnfindung und der spirituellen Weiterentwicklung. Menschen, die sich damit beschäftigen, werden heute von der allgemeinen Masse als weltfremd oder gar als Spinner abgestempelt.

Welch eine Ignoranz!

Und dennoch gibt es weltfremde Fragen, die uns magisch anziehen. Solch eine weltfremde Frage, deren Beantwortung uns magisch angezogen hat, ist die, die unserem Buch den Titel gegeben hat: Es gibt eine wunderbare Kraft …

Was ist das? wird sich der eine oder andere Leser dieses Buches jetzt fragen. Aber wenn ihn dann erst einmal die Lektüre gepackt hat, wird er versuchen, dem tieferen Sinn des Geschriebenen zu folgen. Und wahrlich liegt hier ein Buch vor, das an vielen Stellen unsere Vorstellungskraft überschreitet. Gleichzeitig erweitert es unseren Horizont, welches zur Folge hat, dass neue Fragen auftauchen, die eine Antwort benötigen.

Wann auch immer!

Wir, die Autoren dieses Buches, waren bisher Menschen, der eine mehr, der andere weniger, die nur an das glaubten, was sie sahen und was sie anfassen konnten, eben keine Träumer. Und da sind wir schon bei dem ersten Wort Glauben, auf das wir später noch zu sprechen kommen.

Der eine von uns ist kein Professor, weder Gelehrter noch ein Wissenschaftler, nur ein normaler Mensch und doch übt die Problematik der kosmischen Energie, die Fragen des inneren Ichs, der Seele eine gewisse Anziehungskraft auf ihn aus. Der andere, eine sensible Frau, der Hochachtung und Dank gilt, dass sie ihre Weisheit, Liebe und ihre Gabe für das spirituelle Bewusstsein mit uns teilt.

Zwei Seelen, ein Schicksal?

Ja, denn das Schicksal sucht sich immer seinen eigenen Weg. Auch wenn der Pfad verschlungen scheint und durch das Tal des Leides führt. Die Fügung des Schicksals führt zusammen, was zusammengehört.

Bei dem einen von uns trugen zwei einschneidende Erlebnisse im Leben dazu bei, sich mit seiner bisherigen Gedankenwelt auseinanderzusetzen und er stellte fest, dass es etwas anderes geben musste, von dem er bisher keine Vorstellung hatte.

Was waren das für Begebenheiten?

Erstens war es der plötzliche, unvorhersehbare Tod der zweiten Ehefrau. Sie legte sich abends ins Bett und stand am nächsten Morgen nicht mehr auf. Die genaue Ursache ihres Todes konnte nicht festgestellt werden, man sprach davon, dass besonders im Alter zwischen 40 und 50 Jahren bei gestressten Personen so etwas Ähnliches wie der plötzliche Kindestod auftreten kann. Daran war sie angeblich verstorben.

Er befand sich zu diesem Zeitpunkt in einem anderen Bundesland und ging dort seiner Arbeit nach.

Als er spätabends die Nachricht vom Tod seiner Ehefrau erhielt, fuhr er in der gleichen Nacht nach Hause. Wie er die Strecke von ca. 150 km zurückgelegt hatte, kann er heute nicht mehr sagen. Auf jeden Fall war er rechtzeitig zu Hause angekommen, um sich von seiner Frau verabschieden zu können, ehe ihre Seele die Wohnung verließ.

Die Seele die Wohnung verließ?

Ja, es geschah etwas, das seine Gedankenwelt durcheinanderbrachte.

Als er das Sterbezimmer betrat, lag seine Frau mit geschlossenen Augen auf dem Bett und es kam ihm so vor, als wollten ihre Gesichtszüge ihm etwas sagen. Nur konnte er sich nicht vorstellen, was das sein sollte.

Da, er glaubte seinen Ohren nicht trauen zu können, ein leises flüsterndes „Endlich bist du da" schwebte wie ein verwehender Atemhauch durch den Raum.

Verdutzt sah er sich im Zimmer um.

Nichts! Im Raum waren nur seine verstorbene Frau und er.

„Wer hat da mit mir gesprochen?", stellte er sich immer wieder die gleiche Frage. Vor allem, weil er in diesem Moment dem Geschehen hilflos gegenüberstand.

Da er es nicht gewesen war, wer war es dann?

Etwa seine verstorbene Frau?

Aber das konnte doch nicht sein, denn eine Tote kann doch nicht reden?

Da sie beide die Einzigen im Zimmer waren, musste es etwas anderes geben, das da zu ihm gesprochen hatte.

Aber was?

Er schaute seine für immer eingeschlafene Frau an. Ihre Gesichtszüge sahen entspannter und erleichterter aus.

Das konnte doch nicht sein ..., etwa doch ... oder täuschte er sich nur?

Um das soeben Erlebte ohne Weiteres zu akzeptieren, war er zu sehr Realist. Trotzdem, was Tatsache war, war Tatsache und die konnte er nicht einfach unter den Tisch kehren.

Auf irgendeine Weise, er wusste zwar nicht wieso, schoss ihm plötzlich der Gedanke durch den Kopf, dass sich seine geliebte Frau von ihm verabschieden wollte. Und da vor ihm die sterbliche Hülle des Körpers lag, konnte es nur ihre Seele, ihr inneres Ich gewesen sein.

Wieso er darauf gekommen war, dass es die Seele seiner Frau, ihr inneres Ich gewesen sei, dass sich von ihm verabschieden und seine Ruhe finden wollte, kann er bis heute nicht sagen.

Die Seele, ein Begriff, von dem er bisher nicht viel gehalten hatte. Sein bisheriges Weltbild begann zu schwanken.

Um das innere Selbst, die Seele spüren zu können, bedarf es im Leben manchmal schwierigere und leidvollere Situationen und das schien hier der Fall zu sein.

Dann war da das zweite Erlebnis, das uns beide betraf. Es muss sechs Jahre nach dem Tod der Ehefrau gewesen sein, als der eine bei der Vorstellung seines neuen Buches Der Weg in die Hölle Stalingrad (Greifenverlag), in der Buchhandlung der Stadt, wie es der Zufall wollte, den anderen wiedertraf. Wir kannten uns aus vergangenen Tagen.

War dies ein Zufall oder nicht?

Aber wir wissen ja, wie es mit dem Zufall steht. Zufall nennt der Mensch die Zeichen, die er nicht deuten kann.

Was war es dann? Eine Fügung des Schicksals oder die Auswirkungen des Gesetzes der Anziehung? Dazu an späterer Stelle mehr. Kommen wir jetzt wieder zurück in die Buchhandlung.

An einem Tisch sitzend, stellte der eine sein neues Buch den Besuchern der Buchhandlung vor.

Es war ein Kommen und Gehen.

Rege Betriebsamkeit herrschte.

Da kam der andere herein, drängte sich durch die Menschenmenge, ging an den Bücherregalen vorbei und zog hier und da ein Buch her raus. Blätterte in diesen und stellte sie dann wieder zurück.

Ernst-Ulrich Hahmann

Bad Salzungen

und seine Gotteshäuser

Der Begriff die Kirche findet zweifache Verwendung, zum einen bezeichnet es eine Religionsgemeinschaft zum anderen die Kirche als Bauwerk - das Gotteshaus.

Der Turm des Gotteshauses, das oft in der Mitte des Ortes steht, ragt weit über Stadt und Land hinaus. Hoch oben auf der Turmspitze dreht sich bei Wind und Wetter über einer großen Uhr, die auf ihrem Zifferblatt die Minuten und Stunden anzeigt der Wetterhahn. Eine Glocke ruft mit ihrem Klang alle von nah und fern zur Taufe, zur Hochzeit, zum Gebet und für den allerletzten Weg. Die unterschiedlichen Religionen haben verschiedene Gotteshäuser hervorgebracht, jedes mit seiner eigenen Historie.

Ein Streifzug durch die Geschichte des Kirchenbaus, der Bad Salzunger Gotteshäuser soll zeigen, wie diese das Bild der Stadt prägten. Viele Geschichten erzählen uns die Gotteshäuser. Durch ihren Baustil geben sie Zeugnis von ihrem zeitgeschichtlichen Entstehungshintergrund. Zugleich sind sie auch Zeugen der Glaubensgeschichte der Menschen und ihrer Gemeinde. Jedes hat seine eigene Geschichte, denn oft ist ein Gotteshaus viele Hundert Jahre alt. Die alten Turmbalken und prächtigen Bundglasfenster könnten so manch spannende Geschichte erzählen: Ob es von der Zeit der Reformation ist, als die Gotteshäuser gestürmt oder geplündert wurden oder aus der Zeit, wo aus einer katholischen Kirche dann ein evangelisches Gotteshaus wurde, das viel schlichter ausgestattet war oder von den Zeiten, in denen Krieg herrschte und dann plötzlich die Kirche ein Pferdestall oder ein Krankenlager wurde oder aus der Zeit wo man aus Glocken Kanonenkugeln goss oder … oder …

Es gibt große prachtvolle Kathedralen und schlichte Kapellen am Wegesrand. Gotteshäuser bewahren Heiligtümer und Kunstschätze. Sie werden zum Klangwunder, wenn die Orgel gespielt wird, und sind gleichzeitig Orte der Stille und Achtsamkeit.

Kirchen und Kapellen der Stadt Bad Salzungen
Husenkirche
Evangelische Stadtkirche („St. Simplicius")
Katholische „St. Andreas" - Kirche
Kirchlein „St. Wendel"
Marienkapelle in Kloster
Wallfahrtskapelle „St. Jacobus" (Türmchen)
Schlosskirche Wildprechtroda
„Markus" - Kirche in Langenfeld

Leseprobe

Vor den Toren der Stadt Salzungen lag einstmals ein kleines Dorf. Husen wurde es genannt. Hier stand eine der ältesten Kirchen des Thüringer Landes. Sie wurde auf Begehren des Abtes Willibald von Hersfeld zu Ehren des heiligen Georg eingeweiht. Der Pfarrer Ottwald war der Letzte, der hier Gottesdienste abhielt. Er starb 1551 als Pfarrer zu Salzungen.

Noch heute sind die Überreste der Kirche auf dem Husenfriedhof, der zwischen der Straße nach Leimbach und der Werrabahn liegt, zu finden.

Betrat einst der Besucher den Friedhof, so führte ihn ein rasenbewachsener Weg zu dem steinernen Gotteshaus. Hier standen seitlich des Gemäuers große und kleine Grabsteine, die Inschriften auf ihnen teilweise verwittert. Öffnete er dann das Portal der Kapelle, fiel der Blick in den Andachtsraum, durch dessen prächtige Bundglasfenster goldene Sonnenbahnen fielen. In ihnen tanzten Myriaden von Staubkörnchen. Bilder an den Wänden zeigten Motive des Leidens und der stummen Verehrung. Hatten sich die Augen an das Halbdunkel gewöhnt, wurde der Blick sofort von dem Bild gleich rechts neben dem südlichen Haupteingang angezogen.

Ein wurmstichiger Holzrahmen umschloss das Bild der zarten Gestalt einer wunderschönen blonden Jungfrau, die ein begnadeter Künstler hier verewigt hatte.

Es war das Gemälde einer Braut.

Die Braut, eine zarte Jungfrau von fünfzehn Jahren steht in ihrem bräutlichen Schmucke an einem rotbehangenen Altar. Goldene Bibelsprüche bilden eine würdige Umrahmung. Unter dem kleinen goldenen Kränzchen, das ihr Haupt ziert, wallen dichte, lichtblonde Locken auf einen weißen, reich mit Spitzen besetzten Kragen hernieder. Der mit schwarzen Schleifen zusammengehaltene Kragen verhüllt Brust und Schultern. Lang und schwarz ist das Kleid. Die linke, mit dem Brautring geschmückte Hand ruht auf dem Herzen. Die erhobene Rechte hält ein Herz, aus welchen ein Rosmarinzweig herauszuwachsen scheint, in die Höhe.

Auf dem Altar ebenfalls Rosmarin sowie ein Aufgeschlagenes und nach alter Weise mit Schloss versehenes Gebetbuch. Daneben erhebt sich ein flammendes Herz mit einem Kreuz, aus dem Blutstropfen niederfallen. Bibelsprüche heben deren Bedeutung hervor.

Von Engelsköpfen umgeben, schwebt über den Wolken Christus. Er reicht der Jungfrau die Krone des ewigen Lebens und spendet ihrem Herzen Worte des Trostes. Ihm gegenüber Gott der Vater mit seinem Gnadenspruch. In der Mitte zwischen beiden schwebt über hell leuchtenden Lichtstrahlen die weiße Taube als Symbol des Heiligen Geistes.

Aus der verschnörkelten Inschrift unter dem Namen des Gemäldes „Die Braut" lässt sich entnehmen, dass hochbetrübte Eltern ihrer so früh verstorbenen Tochter dieses Gedächtnismal stifteten.

Es steht geschrieben:
„Gott zu Ehren und christlichem Gedächtnis der vieltugendreichen Jungfrau Anna Margaretha, Antonia, Ernst Cyriaci, Antony Diacony all hier und Frau Margaretha, geb. Fuldin älteste Tochter, so in diese Welt geboren A. 1640 den 16. July und an. 1655 den 31. August wiederum aus derselben mit ihrem letzten Zügen inständig begehrten und in den Händen habenden Rosmarin-Zweig als eine wohlgeschmückte Braut zu ihrem himmlischen Bräutigam ihres Alters 15 Jahre 6 Wochen 5 Tage, selig hingeschieden. Mit dem Sie auch nunmehr in steter Liebe wallet, singet, springet, jubilieret, triumphieret und dank dem Herrn, dem großen König der Ehren.
Aufgerichtet von obvermelten, hochbetrübten Eltern im Jahre 1656".

Eine Menge gab es nach dem Tode des jungen Mädchens zu tu-schel. Mit der Zeit verstummte all das Gerede bis auf zwei Ge-schichten. Sie wurden durch mündliche Überlieferungen bis auf den heutigen Tag von Generation zu Generation weitergeben.

So wird erzählt, dass die Anna nicht nur ein weit Schöneres, als wie sie der Maler auf der Leinwand verewigte, sondern ein unge-wöhnlich reiches Mädchen war. Zahlreiche junge Burschen und reife Männer hielten um ihre Hand an, unter ihnen manch reicher und annehmbare Freier.

Jungfrau Anna Margaretha aber wies alle zurück mit dem Be-denken, dass sie sich ihrem Herrn und Heiland als Braut verlobt habe und keinem irdischen Mann ihr Herz je zuwenden könne.

Solches Reden und Verhalten betrübte die Eltern und ihre Freunde. Sie dachten anders und lagen dem Mädchen ständig mit Heiratsabsichten in den Ohren.

Und so begab es sich, dass bald darauf wieder ein angesehener Freier vor der Tür des Pfarrers stand und um die Hand seiner Tochter anhielt.

Wieder lehnte das Mädchen ab.

Jetzt aber war die Geduld der Eltern zu Ende. Sie ließen ihre keine Ruhe mehr und redeten Tag und Nacht auf sie ein, doch dem angesehenen Freier ihr „Ja“-Wort zu geben.

Endlich willigte das Mädchen unter Tränen ein und sprach zu ihren Eltern: „Mein einziger selbstgewählter Bräutigam wird mir in der Stunde der Entscheidung beistehen und mich zu sich holen. Freu-dig werde ich dann für ihn mein Leben hingeben.“

Anders aber dachten die Eltern und der ihr aufgezwungene Bräutigam. Sie taten aller Welt kund, dass ihre Tochter nun doch bald heiraten würde, und bereiteten in aller Eile das Hochzeitsfest vor.

Je näher der Tag der Hochzeit kam, desto stiller wurde die Fünf-zehnjährige. Sie zog sich immer mehr zurück und wollte von dem ganzen Trubel der Vorbereitung nichts wissen.

Zu schnell kam der festgelegte Tag der Trauung heran.

Unter Glockengeläut betrat das Brautpaar die Kirche. Langsa-men Schrittes gingen Braut und Bräutigam auf den rotbehängten

Altar zu. Die Braut hielt in der Hand einen Rosmarinzweig, um den sie dringlich gebeten hatte.

Die Gäste hatten sich von den Bänken erhoben und manch einer von ihnen dachte: was für eine junge hübsche Braut.

Am Altar stand der Vater, der als Pfarrer der Gemeinde die Trauung seiner Tochter selber vollziehen wollte. Er schaute den beiden erwartungsvoll entgegen.

Mucksmäuschenstill war es mit einmal in der Kirche geworden.

Das Brautpaar kniete auf den Treppenstufen des Altars nieder.

Die Trauung begann und es schien alles gut zu gehen. Doch als der Pfarrer seiner Tochter die bedeutungsvolle Frage stellte: „Willst du den hier Anwesenden zu deinem Manne nehmen, ihn lieben und ehren, die Treue halten in guten und in schlechten Tagen, bis der Tod euch scheidet? So antworte mit Ja."

Verschlossen blieben die Lippen des Mädchens. Sie hielt den Rosmarinzweig an die Nase, um den Duft der Blumen einzuatmen. Im selben Moment nahmen ihre Augen einen strahlenden Glanz an. Die Gesichtszüge entspannten sich und ein verklärter Blick traf ihren Vater. Tot stürzte sie zu seinen Füßen nieder.

Geschmückt mit dem Rosmarinzweig war die Braut zu ihrem himmlischen Bräutigam heimgegangen.

Man erzählt sich aber, dass die Geschichte sich anders zugetragen haben soll. Jungfrau Anna Margaretha habe sich nicht, wie oben erzählt, mit ihrem himmlischen Heiland verlobt, sondern sie habe einen irdischen, recht hübschen, aber armen Burschen kennengelernt. Und je länger sie ihn kannte, desto mehr wurde ihr mit aller Klarheit bewusst, dass sie ihn liebte. Diese Einsicht ließ bei ihr all das Gerede über den Standesunterschied in den Hintergrund treten. Sie liebte ihn, wie sie noch nie zuvor einen Mann geliebt hatte.

Diese Liebelei war ein Dorn in den Augen der Eltern und passte ihnen überhaupt nicht. Sie und die Verwandten beobachteten misstrauisch den Umgang des Mädchens mit dem jungen Burschen und versuchten mit allen Mittel die Zwei auseinander zu

Ernst-Ulrich Hahmann

Die
Ritterburgen
im Salzunger Land

Die Krayenburg

Die Schnepfenburg

Frankenstein

Burg Altenstein

Wasserburg Wildprechtroda

Burg Liebenstein

Als ehemalige frühgeschichtliche oder antike Befestigungsanlagen spielten die Burgen in Mitteleuropa eine herausragende Rolle. Eine Vielzahl von Burganlagen entstand in Europa. Als Burg wird ein in sich geschlossener, bewohnbarer Wehrbau bezeichnet, Epoche übergreifend eine frühgeschichtliche oder antike Befestigungsanlage, im engeren Sinne ein mittelalterlicher Wohn- und Wehrbau. Bis zum ausgehenden 19. Jahrhundert entstanden im Thüringer Gebiet so viele Burgen und Schlösser auf engem Raum wie nirgendwo sonst in Deutschland. Es war die Folge des Lehnswesens, denn Deutschland war dadurch in zahlreiche Fürstentümer zersplittert. Viele dieser Burgen, häufig mit einem Bergfried und der typischen sechseckigen Ringmauer umgeben, wurden an Hängen und häufig an schwer zugänglichen Berghöhen errichtet. Die entsprechenden Burgen dienten zur Markierung der Territorien der Herrschenden. Eine logische Folge, dass es damit fast täglich zu Konflikten kam, die nicht selten in Kriegen endeten. Thüringens stolze Burgen schauen zum Teil auf eine 1.000-jährige Geschichte zurück und ziehen schon von Weitem staunende Blicke auf sich. Hinter den Mauern der Burgen verbergen sich Schauplätze historischer Ereignisse und Wirkungsstätten bekannter Persönlichkeiten. In ihnen schlummert eine Welt von Mythen und Sagen. Hier spürt man den Hauch vergangener Zeiten, wenn die alten Mauern bei Führungen, Konzerten, Mittelalterfesten, Theaterkunst und Weihnachtsmärkten zum Leben erwachen.

Ritterburgen im Salzunger Raum
Die Krayenburg
Die Schnepfenburg
Burg auf dem Frankenstein
Burg Liebenstein.
Burg Altenstein
Wasserburg Wildprechtroda

Leseprobe

Als die alte Burg droben auf dem Berg, an dessen Fuß Bad Liebenstein liegt, erbaut wurde, herrschte jener grausige Aberglaube, eine Burg durch ein lebendig eingemauertes Kind unüberwindlich zu machen.

Dieser Aberglaube war nicht nur unter der Bevölkerung verbreitet, der Ritter, der diese Burg erbaute, war von diesem Glauben befangen.

Was machte dieser Ritter. Er begann nach einem Kind zu suchen, das für seinen Zweck gut genug war. So lief ihm eines Tages, bei einem seiner Streifzüge durch den nahen Wald eine Landstreicherin über den Weg, mit einem kleinen Mädchen an der Hand.

Endlich, das gefunden zu haben, was er suchte, wandte er sich an die Landstreicherin: „Gute Frau, verkauft mir eure Tochter, für gutes Geld.“

„Ich verkaufe doch meine Tochter nicht.“

„Gute Frau, ich gebe auch so viele Geld, dass ihr für euer weiteres Leben ausgesorgt habt.“

Nach einigen hin und her war die Landstreicherin bereit ihr Töchterchen für ein Patzen Geld an den Ritter zu verkaufen.

Auf der Burg angekommen befahl der Ritter, den Baumeister das kleine Mädchen lebendig in die Mauer der Burg einzumauern.

Während das Kind in die äußere Mauer eingemauert wurde, saß es, an einer Semmel kauend, ruhig da und bat mit bittendem Ton den Baumeister: „Ach! Lieber, guter Mann, lasst mir doch ein Gucklöchlein.“

Bei diesen Worten erbebte das Herz des Baumeisters und er war nicht mehr in der Lage seine Arbeit fortzusetzen. So schleuderte er den Hammer weit von sich und erklärte den Bauherrn: „Keinen Handschlag werde ich mehr tun, um dieses arme Kind einzumauern.“

„Seit ihr von allen guten Geistern verlassen! Was soll das?“

„Was ihr da von mir verlangt ist grausam. Ich kann es nicht!“

Zornig wandte sich der Ritter an den Gesellen und befahl diesem: „Wenn nicht der Meister, dann wirst du das Werk vollenden und das Kind einmauern.“

Doch diesem erging es nicht viel besser als seinen Meister. Auch er warf aufwühlt bis in sein tiefstes Inneres das Werkzeug beiseite.

„Ich glaube das einfach nicht", brüllte der Ritter mit sich überschlagender Stimme und wandte sich an den Lehrjungen, einen rüden, herzlosen Burschen.

Auch diesen bat das kleine Mädchen mit trauriger Stimme: „Guter Mann, lass mir doch nur ein Gucklöchlein."

Doch diesem berührte die Bitte in keinster Weise und er begann, Stein für Stein das Loch in der Mauer zu verschließen, in dem sich das Kind befand.

Und wie nun das Werk seiner Vollendung entgegen ging, da rief das Kind der dabei weilenden herzlosen Mutter zu: „Mütterchen, jetzt seh ich dich noch!"

Betretenes Schweigen.

Als es kleine Mädchen dann mit trauriger Stimme sprach: „Mütterchen jetzt seh ich Dich bald nicht mehr!" stand es bereits auf den Zehenspitzen, um hinaus ins Freie sehen zu können.

Unberührt davon setzte der Junge Stein auf Stein. Immer Kleiner wurde die Öffnung, bis er letztendlich den letzten Stein einsetzte.

Dumpf erklang eine weinerliche Stimme aus der Mauer: „Mütterchen nun sehe ich dich gar nicht mehr!"

Dann trat Stille ein.

Das schauerliche Werk war vollendet. Der Lehrjunge erhielt reichen Lohn von dem Bauherrn.

Wenige Tage darauf jedoch spülte die Werra die Leiche des herzlosen Burschen ans Ufer.

Die grausame Mutter aber hatte von Stund an weder Ruhe noch Rast und soll heute noch als händeringendes Gespenst durch die Burg irren.

ERNST - ULRICH HAHMANN

UNTER DER KNUTE
STALINS
Aus dem Leben eines Wolgadeutschen

Auf Einladung der deutschstämmigen Zarin Katharina II. zogen viele deutsche Einwanderer im 18. Jahrhundert, überwiegend aus Bayern, Baden, Isenburg in Hessen, der Pfalz und dem Rheinland in das Steppengebiet an der unteren Wolga. Die deutschen Siedler fanden im russischen Reich günstige Bedingungen vor, u.a. erhielten diese einen politischen Sonderstatus, der das Recht auf Beibehaltung der deutschen Sprache als Verwaltungssprache, auf Selbstverwaltung sowie Befreiung vom Militärdienst umfasste.

Die Deutschen in Russland galten als fleißig und waren wohlhabender als die Russen. Sie waren sich stets ihrer deutschen Herkunft bewusst und lebten die alten Gebräuche in der Ferne fort. Diese Tatsachen brachte ihnen in Russland Neid und Hass ein. Bereits dem Zaren waren die Privilegien der Deutschen auf seinem Territorium ein Dorn im Auge. Ab 1934 galten die Deutschen als „innerer Feind" und mit dem Überfall deutscher Truppen auf die Sowjetunion wurden sie der kollektiven Kollaboration beschuldigt. Unter menschenunwürdigen Bedingungen wurden sie nach Sibirien und Mittelasien deportiert.

Die Verbannung nicht nur der Wolgadeutschen, sondern aller Deutsch-Russen dauerte nach dem Krieg weiter an und wurde 1948 gesetzlich auf Dauer festgeschrieben.

Erst 1964 wurden die Wolgadeutschen offiziell vom Vorwurf der Kollaboration mit dem nationalsozialistischen Deutschland befreit.

Heute leben in der Bundesrepublik ca. 2,5 Millionen Bürger, die als Aussiedler, Spätaussiedler oder deren Angehörige aus den Staaten der ehemaligen Sowjetunion zugewandert sind.

Das vorliegende Buch handelt von einem Wolgadeutschen, geb. 1931, der diese Zeit durchlebte und zurück nach Deutschland ging. Sein persönliches Erleben spiegelt anschaulich die damalige Zeit wieder.

Leseprobe

Keine 24 Stunden waren verstrichen, da wurden die öffentlichen Einrichtungen von NKWD-Leuten umstellt und in jede Wohnung eines Deutschen stürmten zwei Soldaten. Dort wo die Türen verschlossen waren, wurden diese einfach eingetreten und alles, was zurückblieb, zerschlagen.

Manch Wolgadeutscher, der nicht schnell genug den Anweisungen der sowjetischen Schergen folgte, wandte sich mit brutalen Kolbenhieben blau geschlagen und im eigenen Blute im Staub der Straße.

Die Aktion war gut vorbereitet, die Fäden hielt der Volkskommissar des Inneren der UdSSR Berija selbst in den Händen, denn sie war seine Idee, entstanden während seines Besuches in der Wolgarepublik im Juli.

Ängstlich saß Mutter Wagner am 3. September 1941 mit den Kindern in der armseligen Hütte und schauten zum Fenster hinaus. Der Blick verlor sich in der Graslandschaft, die am Horizont nicht enden wollte.

Erschrocken zuckte die arme Frau zusammen, als die mit Tarnanstrich versehenen Militärfahrzeuge mit quietschenden Bremsen auf der Straße hielten.

Staub wirbelte auf.

Junge Soldaten sprangen von den Ladeflächen der Autos, eilten im Laufschritt zu den einzelnen Häusern und drangen mit Gewalt ein.

Bei Wagners ging klirrend der große Spiegel in Scherben. Den Jungen einfach zur Seite stoßend zertrümmerten die Soldaten mit Kolben ihrer Waffen alle Möbelstücke, selbst die Fensterscheiben blieben nicht heil.

Wie ein Häufchen Unglück saß Oskar in der Ecke des Zimmers und verfolgte mit ängstlich blickenden Augen die sinnlose Zerstörungswut des eingesetzten Militärs.

Hals über Kopf mussten die Bewohner Haus und Hof verlassen. Und wer nicht freiwillig ging, wurde brutal aus dem Haus geprügelt. Ein Mann aus dem Nachbarhaus lag blutüberströmt im Staub der Straße, umsorgt von seinen Angehörigen.

Die russischen Soldaten hausten wie die Berserker. Es hätte nur gefehlt, dass diese die Häuser in Brand steckten.

Und schon erschallten die Kommandos: „Antreten! Alles antreten!"

Wie eine Herde aufgeschreckter Schafe wurden die leidgeplagten Menschen zusammengetrieben.

„Wollt ihr euch wohl beeilen! Ihr sollt antreten!" ertönte es immer wieder.

Recht und schlecht stand endlich die Marschkolonne. Ein Haufen unglücklicher Menschen bepackt mit ihren letzten notwendigen Habseligkeiten. Dann wurden die mitleiderregenden Menschen, ob groß oder klein, alt oder jung auf der staubigen Landstraße, zum nahen Anschlussgleis der Eisenbahnlinie getrieben.

„Vorwärts!"

„Wollt ihr euch wohl bewegen!"

„Wir haben nicht den ganzen Tag Zeit!"

Unbarmherzig heiß brannte die Sonne vom stahlblauen Himmel herab auf die wie ein Wurm auf der Landstraße hinziehende Kolonne. Staub wirbelte unter den Füßen der Vorwärtsgetriebenen empor, der als dunstige Fahne hinter der Kolonne herzog.

Die Mutter hielt Oskar krampfhaft an der Hand fest, dass ihr der Junge, in dem ganzen Durcheinander und der Hektik nur nicht verloren ging.

Und immer wieder das Gebrüll der Begleitposten: „Vorwärts! Wir sind nicht auf einem Sonntagsspaziergang!"

An der nächsten Bahnstation angekommen, stand hier auf dem Abstellgleis ein langer Zug, bestehend aus zahlreichen Viehwaggons.

Und jetzt ging das Gebrüll erst richtig los. Die mitleiderregenden Menschen wurden unbarmherzig in die Waggons hineingepfercht. Und dort wo es den Bewachern nicht schnell genug ging, wurde wieder und wieder mit Kolbenhieben brutal nachgeholfen. Rasselnd schlossen sich die Türen und dann setzte sich auch schon der Zug langsam in Bewegung. Immer schneller werdend ratterten die eisernen Räder über den stählernen Schienenstrang.

Die Fahrt ins Ungewisse hatte begonnen, denn noch immer wusste keiner, wohin es gehen würde.

Ernst - Ulrich Hahmann

Welf Wesley
Der Weltraumkadett

Die Feuertaufe

Im Jahre 2064 erfolgte die Aufnahme des deutsch-amerikaners Welf Wesley in die Reihen der Weltraumkadetten. Nach erfolgreicher abgeschlossener Ausbildung und des Eignungstestes erhielt er seine Kommandierung zum Nordeuropäischen Raketenstartplatz Peenemünde. Hier lernte er nicht nur seine Freundin Petra Schneider kennen, er nahm an der dramatischen Rettungsaktion des Weltraumkreuzers Europa 20A teil. Nach der Überwindung zahlreicher Schwierigkeiten gelang es unter anstrengenden Bedingungen Besatzungsmitglieder, des auf der Ceres gestrandeten Raumschiffes Terra 1 zu bergen und wohlbehalten zur Erde zurück zu bringen.

Leseprobe

Raumschiff Terra 1 war es, das sich auf dem Rückflug zur Erde befand. Obwohl die Expedition bis jetzt ohne Schwierigkeiten verlaufen war und sich im Gepäck, dass in allen Punkten erfüllte Forschungsprogramm befand herrschte an Bord nur gedämpfter Optimismus. Niemand von den Besatzungsmitgliedern war in der Lage mit hundertprozentiger Sicherheit sagen, welche Gefahren im All drohten.

Zweimal kreuzte die Terra 1 die Flugbahn riesiger Meteoritenschwärme. Einmal musste sogar eine Kursänderung vorgenommen werden. Obschon sich nur eine geringe Abweichung erforderlich machte, hatte der Kommandant und der Navigator alle Hände voll zu tun wieder auf die berechnete Flugbahn zurück zu kehren.

Der jetzt anliegende Kurs führte sie zurzeit genau durch den Asteroidengürtel zwischen Mars und Jupiter.

Die Bordsysteme arbeiteten störungsfrei.

Schwach zitterten die Zeiger der Messgeräte.

Nervös blinkten gelbe und grüne Signallämpchen.

„Siehst du die vielen Brocken, die hier durch den Raum schwirren? Mir ist nicht ganz Wohl bei dem Anblick", wandte sich Klose skeptisch an den Navigator.

„Wird schon nichts geschehen ..., ist doch bisher alles gut gegangen."

„Stimmt! ... Denken wir lieber daran, was uns auf der Erde erwartet."

Schweigend hingen die Besatzungsmitglieder ihren Gedanken nach, die dem Raumschiff weit vorauseilten und sich nach kurzer Zeit auf der Erde, bei den Liebsten befanden.

Das Raumschiff hatte die Jupiterbahn passiert und tauchte im rasenden Flug in den Asteroidengürtel ein.

Gerade in diesem Moment geschah es.

Der Kommandant machte einen immer größer werdenden grellen Punkt, genau in Flugrichtung aus.

Ein nicht verzeichneter Asteroid, ein riesiger kantiger Gesteinsbrocken, näherte sich mit rasanter Geschwindigkeit dem Raumschiff.

Das schrille Läuten und das Blinken des Rotalarms schreckten die anderen Besatzungsmitglieder auf.

Das Radar hatte das Hindernis vor der Rakete registriert.

„Asteroid auf Kollisionskurs!" Wer es gerufen hatte, wusste später niemand mehr zu sagen.

Der Kommandant starrte immer unruhiger werdend auf den Bildschirm. Er wusste, dass von seiner Geschicklichkeit das Schicksal des Expeditionsschiffes abhing, das Leben aller seiner Insassen. Und sein Eigenes.

Der gewaltige Brocken wurde zusehend größer und größer.

Blitzschnell nahmen die Besatzungsmitglieder ihre Plätze ein und schnallten sich an.

Sofort begann eine fieberhafte Tätigkeit. Schalter worden umgelegt und der Bordcomputer mit Speichermedien gefüttert.

Das Programm zur Asteroidenabwehr lief an. Die Raketentriebwerke schalteten sich ein und versuchten durch eine schnelle Kursänderung die Terra 1 aus dem Gefahrenbereich des Asteroiden heraus zubringen.

Vergebens.

Der unheimliche Gesteinsbrocken näherte sich weiter direkt auf sie zu und das mit hoher Geschwindigkeit. Immer deutlicher war schon bald die gezackte Oberfläche zu erkennen.

„Es gibt nur noch eine Möglichkeit die Kollision zu verhindern", rief aufgeregt der Kommandant, ohne dabei hektisch zu wirken. „Wir müssen die Laserimpulskanone einsetzen."

Und schon begann das Brummen der Transformatorenbänke, die langsam, zu langsam auf die notwendige Arbeitsenergie hochfuhren.

Noch zögerte der Kommandant, denn die Waffe hat noch nicht die volle Leistung erreicht.

Das Brummen ging in helles Singen über.

Unaufhaltsam rauschte der Asteroid heran.

Die Zeit drängte.

Die flinken Finger des Kommandanten huschten über die Bedienungselemente, gleichzeitig beobachtete er mit gespannter Aufmerksamkeit die Skalen.

Es war ein wahnwitziges Spiel mit den eigenen Nerven.

Leichenblässe überzog die Gesichter der Besatzungsmitglieder.

Niemand sprach ein Wort. Mit verzerrten Mienen sahen sie auf den, von der Sonne angestrahlten dunklen Gesteinsbrocken, der ständige an Größe zunahm.

„Noch drei Sekunden!", schrie der Kommandant, jetzt etwas unbeherrscht.

„Noch eine!"

„Feuer!"

Endlich, es war fast schon zu spät, da verließ ein gleißender gebündelter Lichtstrahl die Terra 1 und schoss in Richtung des riesigen Gesteinsbrockens.

Im gleichen Moment entstand auf dem Bildschirm, der den immer größer werdenden Gesteinsbrocken gezeigt hatte ein Leuchten. Erst war es nur ein weißer Punkt, der mit großer Schnelligkeit wuchs und sich aber dann nach allen Seiten gewaltig ausdehnte.

„Volltreffer!", jubelte der Kommandant.

ERNST-ULRICH HAHMANN

Lausbuben

GESCHICHTEN UND ERZÄHLUNGEN
AUS DER KINDERZEIT

In den vorliegenden Geschichten und Erzählungen aus der Kinderzeit geht es nicht nur um Kinderstreiche. Sie sollen aufzeigen was Lausbuben in einer Zeit erlebten, die heute kaum vorstellbar ist. Wenn ja, nur vom Hören und Sagen. Das tägliche Leben war ein anderes, als es weder einen Computer noch ein Handy gab. Auch die gesellschaftliche Situation war eine andere als die gegenwärtige.

Ob in der Erzählung

Sein Freund der Igel,
Das unfreiwillige Bad,
Die Amerikaner kommen,

werden 13 Geschichten voll Phantasie und Abenteuer erzählt. Nicht nur für Kinder, sondern für diejenigen, die junggeblieben sind oder sich wieder einmal an ihre eigene Kindheit erinnern, mögen diese unterhaltsam sein.

Lassen Sie sich in eine andere Welt entführen, auf eine andere Sicht der Dinge blicken, so wie es eben in der Kinderzeit des Autors „*normal*" war. Wobei einige Geschichten auf wahren Erlebnissen beruhen.

Tauchen Sie ein in die spannende Welt vergangener Zeiten.

Leseprobe

Plötzlich hielt der kleine Junge inne, schaute nach oben und schien am Himmel irgendetwas zu suchen. An seine Ohren war ein immer lauter werdendes Geräusch gedrungen. Und dann sah er die Schatten riesiger dunkler Vögel, die mit Gedöns über ihn hinweg huschten.

Was war das?

Es war das anschwellende Dröhnen von Flugzeugmotoren das in der Luft hing. Niedriger als sonst braustem die Maschinen heran, überflogen im Tiefflug die Häuser der Stadt und verschwanden mit unheilvollem Dröhnen in der Ferne.

Mit angstvollen Blicken verfolgte der kleine Junge, die stählernen Vögel.

Seine Mutter, die in diesem Moment aus dem Fenster schaute verfolgte mit Argwohn und Unruhe die Flugzeuge. In ihren Augen flackerte die Angst.

Dann horchten beide auf, denn in der Ferne war minutenlang ein Rollen und Grummeln zu hören.

Am nächsten Tag wiederholte sich das gleiche Schauspiel, nur diesmal zogen die stählernen Vögel hoch oben am wolkenlosen blauen Himmel dahin.

Eines Nachts wurde dann der kleine Junge, durch das anhaltende Dröhnen einer Sirene, das ihm unter die Haut ging aus dem Schlaf gerissen.

Kaum war das an den Nerven zerrende Geheul verstummt, kam eilig die Mutter ins Zimmer gestürzt und sprach aufgeregt: „Schnell mein Junge zieh dich an, wir müssen sofort in den Luftschutzkeller!"

„Mutti, was ist denn?" kam es ängstlich über die Lippen des Kleinen.

„Später! ... Später! ... Beeile dich, wir haben keine Zeit!"

Schnell schlüpfe der Junge in seine Sachen, die auf einem Hocker gleich neben seinem Bett lagen.

„Nun beeile dich schon" drängelte die Mutter.

In der einen Hand, eine Tasche mit den notwendigsten Utensilien an der anderen Hand den kleinen Junge stürzte die Frau aus dem Haus. Schnellen Schritts ging es vorbei an einer kleinen Kirche, die auf einem mit Rasen bewachsenen und mit Kastanienbäumen umsäumten Platz stand.

Erneut ertönte das Nervenaufreibende auf- und abklingen der Sirene.

Dunkle Wolken jagten am nächtlichen Sternenhimmel dahin. Ab und zu gelang es dem Mond mit seinem fahlen Licht hindurch zu dringen. Hier und dort blinkten helle Sterne durch die dahinhetzenden Wolkenfetzen.

Das Heulen der Sirene, der widerliche Ton des Luftalarms wollte, und wollte kein Ende finden.

Als die Mutter mit ihrem Jungen die Brücke überquerte, unter der plätschernd das Wasser dahinschoß, überlagerte den Sirenenton an immer lauter werdendes Geräusch, das aus Richtung Westen kam.

Jetzt begann die Mutter zu laufen und riss den kleinen Jungen an der Hand förmlich hinter sich her.

„Mama, nicht so schnell!" kam es im weinerlichen Ton über seine Lippen.

„Mein Junge es geht nicht anders. Schnell wir müssen es schaffen, bevor die Flugzeuge hier sind."

Außer Atem überquerten sie den Marktplatz auf dem eine Kirche mit zwei spitzen Türmen und große Tannenbäume standen.

In dem Moment als der ausrollende Brummton, der Sirene in der Luft hing erreichten sie das Haus, in dem sich der Luftschutzkeller befand, ein alter Bierkeller.

Atemlos stürzten sie die schwach beleuchtete Treppe hinab. Rechts und links auf den steinernen Stufen standen mit Wasser gefüllte Eimer.

„Sieh Mamma, hier gibt es sogar eine Sandkiste!"

„Die ist aber nicht zum Spielen da. Den Sand braucht man um ein Feuer zu löschen!"

Enttäuscht kam ein: „Das verstehe ich nicht!" über seine Lippen.

„Komm wir müssen uns jetzt ein Plätzchen suchen. Ich erkläre dir alles später."

Rechtzeitig hatten Mutter und Sohn den Luftschutzkeller erreicht, das anschwellende Dröhnen von Flugzeugmotoren schien jetzt direkt in der Luft über der Kleinstadt zu hängen.

Am Ende des Kellers stand ein alter Sessel, in dem die Mutter sich niederließ, den kleinen Jungen auf den Schoß nahm und an sich drückte, dabei immer seine Wangen zärtlich streichelnd.

Diffuses Licht.

Brennende Glühbirnen hingen in blanken Fassungen an zwei Drähten von der Decke herab und tauchten den Keller in ein schummriges Licht, das nicht gerade beruhigend auf den kleinen Jungen wirkte.

„Mutti, ich habe Angst!"

„Du brauchst keine Angst zu haben. Wir sind hier sicher!"

Hier und dort saßen Mütter auf dem kalten Kellerboden, ihre Kinder in den Armen, die wieder eingeschlafen waren. Und die Erwachsenen saßen übermüdet, bleich und teilweise abgestumpft an die Wand des kahlen Kellers gelehnt. Dort saß ein alter Mann, der leise vor sich hinmurmelte. An einer anderen Stelle eine junge Frau, die Hände zum Gebet gefaltet. Vielen von ihnen konnte man die pure Angst ansehen, die ihre Gesichter abstrahlten. Leichenblässe, zitternde Lippen und geweitete Augen, aus denen das blanke Entsetzen sprach.

Alle hatten aber eins gemeinsam sie lauschten ängstlich dem Dröhnen der Flugzeugmotoren, die bis hinab in den Keller drangen.

Ist das ein richtiger Angriff auf unsere Stadt?

Jetzt ist alles aus.

Nun kommt das Ende.

Nicht nur dem kleinen Jungen, sondern allen hier unten beschäftigten die gleichen oder ähnliche Gedanken.

Plötzlich ein Krachen und Donnern.

Der kleine Junge zuckte erschrocken zusammen und flüsterte: „Mama was war das?" Dabei drängte er sich ängstlich an die Mutter, als wollte er sie nie mehr loslassen.

Ein Gewitter war es nicht.

Es war das Rumsen, der krachenden Einschläge der schweren Bomben, die bis in den Keller hinein zu hören waren.

Selbst der Erdboden schien leicht zu beben.

Vergeblich waren die Bemühungen den Sohn zu beruhigen. Ob wohl er nichts mehr sagte, konnte man es den Augen ansehen, aus denen die blanke Angst blickte.

Der Mutter blieb nichts anderes übrig, als ihren Sohn an sich zu drückten und ihn immer und immer wieder zärtlich über die Haare zu streicheln, dabei flüsterte sie: „Es wird alles gut … Es wird alles gut … Es wird alles gut, meine Kleiner."

Irgendwie schien die Zeit, hier unten stehen geblieben zu sein. Jeder hing seinen eigenen Gedanken nach, aus denen, der Entwarnungston der Sirene sie erst in die Wirklichkeit zurückholte.

Wie lange waren sie schon hier unten?

Was war geschehen?

Keiner konnte darauf eine schlüssige Antwort geben, noch nicht. Denn mit dem Verlassen des Luftschutzkellers sollte sie die grausame Wirklichkeit einholen.

Als sie hinaus ins Freie traten, wehte ihnen ein feuchtwarmer Wind entgegen.

Alle schauten sich um. Es schien ein Stein noch auf dem anderen zu stehen.

„Mutti was ist das denn da?", unterbrach der Junge die Stille und er zeigte mit seiner rechten Hand Richtung Osten.

Es war eine schwarze Rauchwolke, durchzuckt vom hellen Feuerschein.

„Dort brennt eine Stadt. Es waren die Flugzeuge, die du gehört hast, die haben sie angesteckt."

Die Stadt war schwer getroffen worden. Nicht nur Bomben purzelten aus den Flugzeugen, sondern auch Kästen waren dabei, die im Heruntertrudeln eine Flüssigkeit verloren, die in der Luft zu brennen begann. Die herabschwebenden glühenden Wolken strahlten eine fürchterliche Hitze aus.

Schwere Sprengbomben zerschmetterten ein Haus nach dem anderen, rissen Straßen auf, verschütteten oder zerquetschten Menschen.

Schlag auf Schlag folgten furchtbare Erschütterungen, denen ohrenbetäubendes Getöse folgte.

Mauerreste, Steine, Kies, Erde und Glas prasselten durch die Luft.

Ein Feuersturm raste durch die Straßen und Gassen, immer wieder angefacht durch die gierigen Flammenzungen der Phosphorbrände, die ständig neue Nahrung suchten. Eine riesige Lohe von Qualm, Funken und aufgewirbelten Partikeln der verschiedensten Art stiegen hoch in den Himmel.

Ernst - Ulrich Hahmann

Welf Wesley
Der Weltraumkadett

*Auf den Spuren
der Außerirdischen*

Nach einem erlebnisreichen Urlaub in Afrika und einen abenteuerlichen Rückflug nach Europa holte Welf Wesley die Wirklichkeit des Nordeuropäischen Raketenstartplatz wieder ein.

Das Auftauchen eines unbekannten Flugkörpers in der Erdatmosphäre und dessen verschwinden im Weltraum, Richtung Venus, erforderte den Einsatz des Photonenweltraumkreuzers Timperwind. Es galt die Frage zu klären, welcher Herkunft dieser seltsame Flugkörper war.

Seltsame Dinge geschahen nicht nur beim Flug zur Venus, an Bord des Photonenweltraumkreuzers, sondern zur gleichen Zeit auch auf dem Nordeuropäischen Raketenstartplatz. Es galt die Frage zu klären, welche Kräfte hier ihr spiel trieben, die es auf die Timperwind abgesehen hatten.

Wird es der Timperwind gelingen zur Erde zurück zu kehren oder wird sie als kleines Pünktchen in der grenzenlosen Weite des Alls verschwinden.

Leseprobe

Nach zwei Stunden, pünktlich auf die Minute, fuhren die Transporter für die Astronauten vor. Kaum hatten die Männer in den Fahrzeugen Platz genommen ging es im gemächlichen Tempo auf der schnurgeraden Asphaltstraße zum Startplatz der Otis.

Wie an jedem Vormittag herrschte auf dem Raketenstartplatz reger Betrieb. Die hin und her hastenden Menschen nahmen kaum von den Fahrzeugen Notiz. Für sie war es eine alltägliche Sache.

Die beiden Weltraumkadetten hatten im offenen Wagen Platz genommen. Während der Fahrt unterhielten sie sich über die bevorstehende Aufgabe. Dabei erhitzten sich ihre Gemüter. Der lauwarme Fahrtwind, der ihre Gesichter umfächelte, brachte kaum Abkühlung.

Langsam rollten die Transportfahrzeuge am Startplatz des Raketenflugzeuges Otis aus.

Das Raketenflugzeug lag wie ein riesiges schlafendes Ungetüm auf dem blitzenden Stahlgerüst, dass es in wenigen Minuten in rasanter Geschwindigkeit verlassen würde.

Die gewaltige Anlage ragte über die Ostseewellen hinaus und erreichte auf der Insel Ruden eine Höhe von 400 Metern.

Somit betrug über dem Eiland das Ende der Startbahn eine Höhe von 400 Metern.

Während Wesley auf die Einstiegsluke der Otis zustrebte, lauschte er mit einer merkwürdigen Neugier in sich hinein. Die letzten Schritte auf der Erde dachte er. Ein letzter Atemzug Erdenluft ... Schon griff er nach dem Lukenrand ... Ein kurzer Blick zum wolkenverhangenen Himmel ... und murmelte vor sich hin: „Kein schöner Abschied, die Sonne hätte wenigstens scheinen können ... Hoffentlich ist das kein schlechtes Omen." Klirrend schob sich das Schott hinter ihm vor die Lukenöffnung.

Hermetisch schließend fiel es ins Schloss.

Draußen blieben der weiße Sand und das trübe Wetter des Raketenstartplatzes.

Wesley betrat als Letzter die Passagierkabine. Sörensen, Gontor, Lommel und Gecko hatten in den Anti-Jetlag-Sitzen Platz genommen. Sie schnallten sich schweigend mit den breiten Elastikgurten fest.

Die Bedienungsmannschaft der Otis befand sich zu diesem Zeitpunkt im Kommandostand und hatte mit der Startvorbereitung begonnen.

„Drehsessel in Startlage!" ertönte aus einem unsichtbaren Lautsprecher die scharfe Stimme des Piloten der Otis. „Vorbereitung zum Start läuft!"

Totenstille trat ein.

Aufmerksam verfolgten fünf Augenpaare die Anzeige der Sekunden an der Stirnwand.

Zehn, neun ...

Für einen Augenblick verspürte Wesley wieder die altbekannte Übelkeit und Schwäche. Mit gewaltiger Willensanstrengung konnte er das widerliche Gefühl der Hilflosigkeit unterdrücken, dabei schielte er zu Peer Gecko hinüber. Der starrte konzentriert vor sich hin.

... *zwei, eins, null.*

„*Start!*"

Meixner, der Pilot der Otis hatte nach einer letzten Überprüfung der Armaturen den Starthebel langsam angezogen.

Genau um zehn Uhr Ortszeit setzte sich das schlanke Raketenflugzeug in Bewegung. Vorwärtsgetrieben durch das induzierte Magnetfeld, ähnlich der Magnetschwebebahn, glitt sie anfangs langsam, dann immer schneller die aufsteigende Lineale Rinne entlang und raste mit vier g dem bleigrauen Himmel entgegen. Beim Erreichen des Endes der fünf Kilometer langen Startbahn strahlte es am Heck der Otis für einen Augenblick sonnenhell auf.

Wolken von glühenden Gasen nahmen für Augenblicke die Sicht.

Unter ohrenbetäubendem Donner, er schien zusammengesetzt zu sein aus dem Heulen eines Orkans, den Explosionsstößen einer nie enden wollenden Sprengung und dem Brüllen eines wilden, unbekannten Tieres, zischten riesige Flammen aus den Düsen des Otis.

Mit donnerartigem Getöse kamen die Schallwellen des gezündeten Triebwerkes auf der Erde an.

Nach einer viertel Minute war nur noch das gleichmäßige rötliche Aufflammen der Triebwerksgase zu erkennen. Dort wo sie in dem wolkenverhangenem Himmel verschwanden, leuchtete das grauweiße Gewölk hellrot auf.

Professor Windows stand einsam am Rande der Startbahn und sah dem Silbertorpedo nach, bis ihn die unergründliche Weite des Himmels verschluckte. Dann schritt er langsam zum Verwaltungsgebäude zurück.

Das flimmernde Pünktchen, das nur einen blendend weißen Gasstrahl zurückgelassen hatte, jagte augenblicklich mit sechs g Richtung Raumbasis.

In der Rakete schien sich plötzlich alles verschieben zu wollen. Die Sessel stemmten sich weich gegen die Körper.

Bedeutet die Entdeckung des erdähnlichen Planeten im Sternbild Centaurus die Rettung für die Astronauten? Wie aber soll die Landung auf diesem erfolgen, wenn sie mit annähernder Lichtgeschwindigkeit durch das All rasen. Neue unbekannte Gefahren gilt es für die Besatzung fern vom heimatlichen Planeten Erde zu bestehen.

Nach erfolgreicher Landung auf den Planeten, den Sie den Namen Hope, die Hoffnung gaben, im Sternbild des Centaurus geht es um das Überleben der Besatzungsmitglieder.

Im Kampf gegen die Unbilden der Natur, bei der Begegnung mit Sauriern und anderen Urzeittieren, den Ureinwohnern des Planeten müssen Sie ihren Mann stehen.

Durch die Entdeckung des verlassenen Sternenschiffes Scout, eines gigantischen Kugelraumers wächst die Hoffnung zur Rückkehr auf die Erde.

Wird der menschliche Geist einen Weg zurück zur Erde finden?

Für die Erdbevölkerung gilt die TIMPERWIND als verschollen im Weltall.

Leseprobe

Unter ihnen glitt eine bewachsene Tiefebene, von unzähligen Flüssen und Flussarmen durchzogen, dahin.

Es wurde Zeit die Timperwind zu verlassen, denn sie war auf eine Höhe von 6.000 Meter gesunken und die Außenhaut begann einen rötlichen Schimmer anzunehmen.

„Landefähre Alpha 1 ..., startbereit!"

„Landefähre Alpha 2 ..., startbereit!"

„Na, dann los!"

Die hydraulische Einrichtung schleuderte die diskusförmigen Fähren aus dem Hangar der Timperwind hinaus ins All. Der Brennstoffzellenantrieb begann sofort den Sturz auf den Planeten hinab abzubremsen.

Rechtzeitig hatten sie den Weltraumkreuzer verlassen.

Mit rotglühender Hülle raste die Timperwind, einen feurigen Schweif hinter sich herziehend durch die dichten Schichten der Atmosphäre. Wie als wenn der Himmel barst, explodierte sie über der riesigen Wasserfläche des Planeten.

Die durch die Atmosphäre rasende Druckwelle erreichte die Landefähre Alpha 1 in dem Moment als Sörensen die Zusammensetzung der unteren Luftschichten analysierte.

„Es ist die gleiche Atmosphäre wie auf der Erde. Solch ein Zufall ist doch unmöglich, das gibt es nur in diesen utopischen Romanen", wandte sich Sörensen an Wesley.

„Nur gut, dass dieser utopische Roman Realität ist, da haben wir wenigstens Überlebenschancen ..." weiter kam Wesley nicht.

Die heranrasende Druckwelle ergriff die Landefähre und schleuderte sie hin und her. Nur mit Mühe konnte das automatische Stabilisierungssystem der Lage Herr werden.

Als die Schlingerbewegungen aufhörten, empfand Wesley das bis zur Übelkeit süßliche Gefühl der Schwerelosigkeit.

Das Bremstriebwerk der Landefähre begann auf Hochtouren zu arbeiten.

Bei 5.000 Meter ließ Sörensen die metallenen Schutzblenden in die Wandungshohlräume zurückgleiten. Durch die Quarzglaskuppel waren Gebirgszüge zu erkennen, die Wolkenfelder teilweise verdeckten.

4.000 ..., 3.000 Meter ...

2.000 Meter ... In der Ferne tauchten weitere Gebirgszüge auf. Sie waren flacher. Festes Land lag unter ihnen.

Verschwunden war die Wolkendecke.

Sörensen hatte krampfhaft auf den Höhenmesser gesehen und dann die Augen geschlossen. Sein Gesicht war blutleer und mit den Fingern krallte er sich an der Lehne seines Sitzes fest.

Der Skalenzeiger des Höhenmessers sank unerbittlich.

1.000 Meter ...

Plötzlich kippte die Landefähre nach unten und jagte mehr in Fallrichtung als im schrägen Gleitflug der Oberfläche des unbekannten Planeten entgegen.

500 Meter ..., 400 Meter ...

Erschreckend wurde Wesley bewusst, in welcher Lage sie sich befanden. Für den Augenblick vergaß er den phantastischen Anblick, der sich ihm bot. Er hielt sich krampfhaft an der Sessellehne fest, zwang sich eisern die Augen geschlossen zu halten und legte im gleichen Moment die Arme schützend vor den Helm seines Schutzanzuges.

„Centaurus sei uns gnädig", stöhnte Sörensen und deutete hinab auf die unwirkliche Landschaft, auf die sie zu jagten. „Mammutbäume? ... Tropische Riesen?"

100 Meter ..., 50 Meter ...

Alpha 1 glitt über die riesigen Baumkronen, bis ein wuchtiger Anprall gegen die Spitze eines Riesenbaumes erfolgte.

30 Meter ...

Weitere Stöße und heftige Erschütterungen. Die Landefähre glitt krachend zu Boden, die mickrigen Kronen zahlreicher Bäume umknickend. Durch den Rumpf der Fähre ging ein nervenaufreibendes Kreischen und Jaulen.

Wesley spürte einen brennenden Schmerz im rechten Arm.

Die Landefähre Alpha 1 berührte den Boden einer flachen Senke und glitt weiter, eine tiefe Furche hinter sich herziehend. Ein Felsbrocken gab dem Metall nicht nach, und teilte die Fähre wie ein Wassertropfen, wenn er auf eine glatte Fläche fiel.

Der folgende unglaublich heftige Knall betäubte Wesleys Gehör und ließ ihm nicht mehr das Dröhnen und Krachen wahrnehmen, mit dem der stählerne Leib über die harte Oberfläche schlitterte.

Splittern, Krachen, tosendes Bersten.

Einzelteile lösten sich und flogen, schwarzen Flecken gleich über die flache Senke.

Wieder und immer wieder bäumte sich die Landefähre auf, als wolle sie nochmals in die Höhe steigen, um dann mit einem letzten Ruck zur Ruhe zu kommen.

ERNST-ULRICH HAHMANN

Buntes Allerlei

WAHRES, GESCHICHTLICHES, SAGENHAFTES,
SCHICKSALHAFTES, ESOTERISCHES

Es ist eine Sammelsurium von Geschichten, die Wahres, Geschichtliches, Phantastisches, Esoterisches aber auch Schicksalhaftes zum Inhalt haben. Sie sind im Laufe der vergangenen Jahre entstanden und dies spiegelt sich auch in der unterschiedlichen Erzählweise der einzelnen Geschichten wieder.

Es geht nicht nur um das Spektrum des menschlichen Lebens, sondern um das Phantastische was uns umgibt.

Die Welt ist voller Geschichten. Ein kleiner Teil davon wartet darauf entdeckt zu werden. So findest du in diesem Buch Kurzgeschichten, Gedichte, Geschichten und romanhafte Erzählungen unterschiedlichen Genres. Das ganze Spektrum von Freud und Leid ist hier zu entdecken.

Begebt Euch auf eine Bildungsreise, in ein Leseabenteuer beim Durchstöbern dieses Buches. Sucht die Geschichte heraus, die zu Eurer augenblicklichen Stimmung passt. Lasst Euch trösten, fühlt mit oder jubelt.

Freud und Leid liegen dicht beieinander.

Leseprobe

Mond und Sterne versteckten sich hinter einer dichten, tiefliegenden Wolkendecke. Heulend trieb der Sturmwind dicke, fette Wolken am Himmel dahin, aus denen wild tanzend vereinzelte Schneeflocken auf die Erde herunter tanzten. Der aufkommende Wind wehte die Flocken empor und trieb sie vor sich her. Kurz darauf setzte starkes Schneegestöber ein.

Es heulte und jaulte.

Zwischen die Schneeflocken mischten sich vereinzelt Regentropfen, die dann in peitschenden Regen übergingen. Die Schleusen des Himmels schienen sich geöffnet zu haben. Selbst der Wald mit seinen dichten Baumkronen konnte nicht genügend Schutz vor den herabstürzenden Wassermassen bieten.

Ein Gewitter zog über die Berge des Thüringer Waldes.

Grelle Blitze zuckten aus den regenschweren Wolken herab.

Krachender Donner rollte durch die Berge.

Gefährlich knarrend und ächzend bewegten sich selbst die stärksten Äste. Die schwächeren brachen laut krachend ab, fielen auf den Waldweg, wo sie Windböen davon trieben.

Hier in der Tiefe des Thüringer Waldes führte ein Weg quer über den Rennsteig, vom Nesselhof aus vorbei an Tambach-Dietharz nach Gotha. In friedlichen Zeiten zogen über diesen Weg zahlreiche Händler, Mönche, Spielleute und Boten auf Schusters Rappen, zu Pferd allenfalls auf Karren.

Plötzlich hallten immer lauter werdende dumpfe Hufschläge durch den regennassen Wald. Eine einst noble Kutsche, gezogen von zwei Rappen preschte heran. Zusammengesunken, von Feuchtigkeit triefend saß der Kutscher hoch oben auf dem Bock, um den kalten Wind, der sein Gesicht peitschte so wenig Angriffsfläche wie möglich zu bieten. Durchnässt bis auf die Haut war seine Kleidung. In kleinen Bächen lief der Regen tropfend von Nase, Kinn und den Fingerspitzen seiner Hände, die krampfhaft die Zügel hielten.

Es knackte das Gezweig, es knarrten die Bäume. Schöpfte die Windsbraut für eine kurze Minute lang Atem, drang das Heulen der Wölfe nicht nur an die Ohren des Kutschers, sondern auch an die Ohren des Mönches der sich krampfhaft festhaltend in der Kutsche saß. Dieser wurde jedes Mal beim Durchfahren einer der zahlreichen Schlaglöcher, beim Überqueren von flachen Erdfurchen, beim Überfahren kleiner und etwas größere Feldsteine kräftig durchgeschüttelt.

Immer wieder versuchten die Pferde den herabstürzenden Ästen und Zweigen auszuweichen, sodass der Kutscher Mühe hatte, die Tiere auf dem glitschigen Weg im Zaum zu halten. Dann und wann kam ein Fluch über seine Lippen.

Von all dem schien der Geistliche in der Kutsche nicht allzu viel mitzubekommen. Nicht die schwankende und holprige Fahrt machten diesen zu schaffen, sondern die furchtbaren Unterleibsschmerzen die ihm seit dem Verlassen der Tagung des Schmalkaldischen Bundes quälten.

Auf dem Konvent in Schmalkalden hatte es begonnen. Bevor der Mönch die im Auftrag des sächsischen Kurfürsten Johann Friedrich *verfassten Schmalkaldischen Artikel vor den versammelten Fürsten als verbindliche Glaubensbekenntnis der neuen evangelischen Kirche vortragen konnten überfielen ihn unerträgliche Schmerzen im Unterleib.*

Hatte ihm jemand etwas in das Essen gemischt?

Und wenn ja, wer wollte ihn da vergiften?

Wer wollte verhindern, seinen Einfluss bei der Verhandlung seiner Glaubensgrundsätze geltend zu machen?

Für Martin Luther, ja es war Martin Luther, der da in der Kutsche saß, gab es nur eine Schlussfolgerung: Das konnte nur Teufelswerk sein.

Konnte ihn der Höllenfürst nicht in Ruhe lassen?

Reichte es nicht schon, dass ihn der schwarze zotige Gesell aus der Hölle höchstpersönlich mit ständigen Ohrengeräuschen quälte?

Obwohl das ständige Rauschen und Pfeifen in seinem Ohr ihn wahnsinnig machte, hatte er den Schwindel, das Geklingel und Surren der Ohren als Prüfung angenommen und sprach von „vertigo, tinnitus et susurri aurium".

Aber jetzt, das war die Krönung und er murmelte vor sich hin: „Der Teufel hasst mich, er hat mich jetzt in seine Klauen gekriegt."

Was sollte er nur machen?

Die unerträglichen Schmerzen wollten und wollten nicht aufhören. Die Qualen, die ihm das Stechen, Bohren, Zwicken und Beißen im Unterleib verursachten, hatten ihn dazu gezwungen vorzeitig den Konvent zu verlassen und in Richtung Tambach Dietharz aufzubrechen.

Die Hände auf den Bauch drückend, mit schmerzverzerrtem Gesicht saß er, immer wieder hin und her geschleudert, gekrümmt in einer Ecke der Kutsche.

Eine holprige Fahrt.

Kalter Angstschweiß bildete sich auf der Stirn.

Als dann die Dämmerung hereinbrach, glaubte er sein letztes Stündlein hätte geschlagen. Denn wenn es nicht der Teufel gewesen war, wer war es dann gewesen der sein Essen vergiftet hatte, um ihm diese Schmerzen zu zufügen?

Gegen den Teufel konnte er sich wehren, aber gegen eine heimtückische Vergiftung seiner Gegner nicht.

Die Nachtkühle kroch durch die dünne Sutane.

Ab und zu schrie ein Käuzchen.

Es knackten die Zweige.

Es knarrten die Stämme.

Die Nacht begann ihre schwarzen Schatten aufzuhängen.

Martin Luthers Blick fiel durch das Fenster der Kutsche hinaus in die Dämmerung des Waldes und starrte wie gebannt auf das seltsame Etwas, das sich seinen weitaufgerissenen Augen bot. Im ungewissen Licht des Mondes löste sich aus der Dunkelheit des Waldes eine leuchtende Gestalt hoch zu Ross.

Ein Trugbild?

Nein, das konnte er nicht sein. Er schloss seine Augen, und als er sie wieder öffnete, ritt die unheimliche Gestalt jetzt neben der Kutsche ein her.

Ein kühler Hauch flog über Martin Luthers Gesicht und in seinen weitaufgerissenen Augen spiegelte sich stummes Entsetzen wieder. Ein kalter Schauer rieselte über den Rücken, bis zu seinen Beinen hinab.

„Was willst du von mir?" presste Martin Luther aufgewühlt hervor.

Keine Antwort von der unheimlichen Gestalt, die kein Atem zu haben schien und ihn mit dunklen grausamen Augen anschaute. Schweigend ritt sie auf einem Pferd sitzend neben der Kutsche her.

„Was willst du von mir?" sprich schon.

Keine Antwort. Nur ein böses, widerliches Lächeln um die Lippen des Reiters, das von Brutalität und Anmaßung zeugte.

„Fremder, es ist genug. Verschwindet, ihr habt mir einen höllischen Schreck eingejagt. Im Namen Gottes verschwindet."

Der Fremde zuckte zusammen, als er den Namen Gottes hörte, und schaute den Mönch in der Kutsche mit einem seltsamen Blick an.

Martin Luther beschlich plötzlich das Gefühl, als würde eine eiskalte Hand nach seinem Herzen greifen. Wie Schuppen fiel es ihm von den Augen, das war der Teufel.

Ja, das konnte nur der Teufel sein.

„Was willst du? Reicht es dir nicht, dass du mich mit deinen höllischen Geräuschen belästigst und mir höllische Schmerzen im Unterleib verursachst?" wollte er mit bebender Stimme wissen.

Und wieder keine Antwort.

Keinen klaren Gedanken konnte Martin Luther mehr fassen, nur ein „O Gott" kam stöhnend über die zitternden Lippen. Eine Hitzewelle erfasste seinen Körper. Sie umklammerte sein Herz und raste dann hoch bis in den Kopf. Er schwitzte plötzlich, und kalter Angstschweiß stand ihm auf der Stirn. Endlich siegte der gesunde Menschenverstand Martin Luthers. Langsam wie im Zeitlupentempo hob er beschwörend die Hände und murmelte mit fester Stimme vor sich hin:

Vater unser, der du bist im Himmel, geheiligt werde dein Name, dein Reich komme, dein Wille geschehe wie im Himmel also auch auf Erden.

Als Luther dann drei Kreuze schlug und rief: „Heb dich hinweg Satan!", stieß der Teufel einen gellenden Schrei aus. Einen Schrei, der sich furchtbar anhörte und ihm einen kalten Schauer über den Rücken trieb. Ein hohles, ein tiefes Stöhnen, wie aus der Tiefe einer Gruft folgte.

Eine Aureole aus Licht umflimmerte mit einmal den Teufel. In der jetzt schaurigen Visage funkelten wütend böse Augen. Begleitet von Blitz und Donner fuhr der Antichrist mit schrecklichem Getöse in die Hölle.

So plötzlich, wie die unheimliche Gestalt aus der Dunkelheit des Waldes auftauchte, war sie verschwunden.

Zurück blieb ein leichter beißender Schwefelgestank.

Waren die Schmerzen in seinem Unterleib durch das unheimliche Geschehen etwa verschwunden?

Nein!

ERNST-ULRICH HAHMANN

Vernichtung durch Arbeit

Kali-Werra-Revier und das KZ Buchenwald

Die Außenkommandos des Konzentrationslagers Buchenwald und der Einsatz von Kriegsgefangenen und Zwangsarbeitern im Kali-Werra-Revier

Der Gedanke „*Vernichtung durch Arbeit*", der sowohl den Theoretikern des Nationalsozialismus als auch der deutschen Führung geläufig war schloss das Kali-Werra-Revier in keinster Weise aus. Neben der unzureichenden materiellen Versorgung der Kräfte verschleißenden Arbeitsleistungen über die Leistungsgrenze des Menschen hinaus wurde hier die Tötung der Zwangsarbeiter, Kriegsgefangenen und KZ-Häftlinge in Kauf genommen.

In den Konzentrationslagern und ihren Außenkommandos, zu denen Buchenwald gehörte, offenbarte sich auf grausamste Art und Weise, der Terror im Herrschaftsbereich des faschistischen Deutschlands.

Neben den ideologischen Zielvorgaben verfolgte die SS ebenfalls eigene Geschäftsinteressen. Sie nahm zwar billigend in Kauf, dass Häftlinge infolge rücksichtsloser Arbeitseinsätze starben, auf der anderen Seite ging es der SS aber auch um ökonomische Interessen. Häftlinge wurden als Arbeitskraft für einen möglichst hohen Preis an die Rüstungs- und andere deutsche Betriebe verkauft. Thüringen bildete dabei keine Ausnahme.

Die teilweise im Stil des Erzählers abgefassten Dokumentationen soll auf emotionale Weise versuchen unglaubliche Tatsachen durch glaubhafte Beweise zu fundieren, nüchterne Zahlen und Fakten durch Emotion des Erlebens aufzulockern und dem Leser nahe zu bringen.

Leseprobe

In enger Zusammenarbeit mit den Deutschen Ausrüstungswerken und den Bayrischen Motorenwerken in Eisenach erfolgte unter den Namen „Heinrich Kalb" und „Ludwig Renntier" die Gründung von Scheinfirmen. Sie bereiteten sofort die Verlegung von wichtigen Maschinen und Werkzeugen für die Aufnahme der Reparatur und Produktion von BMW-Flugzeugmotoren und Teilen der V-Waffe im Schacht Springen und Leimbach/Kaiseroda vor. Über 1.100 Häftlinge mussten die unterirdischen Werkhallen ausbauen.

Eine OT-Sonderbauleitung übernahm die Bauvorhaben „Renntier" und „Kalb". Sie führten die Verhandlungen, arbeiteten eng mit den jeweiligen Einzelfirmen zusammen und waren die Vermittler zwischen den BMW Eisenach und den Wintershall-Konzern. Ihnen oblag die gesamte Leitung der Bautätigkeit, auch der Einsatz der KZ-Häftlinge in den Außenkommandos.

Die Mitwirkung der SS wurde in der Praxis auf den Ausbau der unterirdischen Produktionsstätten unter Kammler reduziert. Bis Ende 1944 baute Kammler nach eigenen Angaben ca. 425.000 Quadratmeter bombengeschützte Fabrikräume in Bunkern bzw. unter Tage aus.

Doch die meisten Verlagerungen unter die Erde fanden erst kurz vor Kriegsende statt; etwa 700 meist kleinere Firmen arbeiteten Anfang 1945 unter Tage. Die KZ-Häftlinge wurden hier als letzte Arbeitsreserve eingesetzt.

Analog dem Beispiel der Rüstungsindustrie, die vor den alliierten Bombenangriffen nach Untertage geflüchtet waren, gerieten die Gruben des Werra-Kali-Reviers wegen ihrer großräumigen Abbaukammern und den günstigen Grubenklima in den Blickpunkt des Interesses für die Einlagerung des Reichsschatzes und einer größeren Anzahl von Kunstgütern.

Im Juli 1944 begann die Einlagerung im Schacht Dietlas, von 33 Kisten mit Beständen aus dem Goethe Nationalmuseum Weimar, dem eine unbekannte Einlagerung durch das Landratsamt Eisenach folgte. Archivbestände des Staatsarchivs Meiningen, vermutlich Archivteile aus anderen Städten folgten im Oktober 1944.

Ein Lager der Wehrmacht für Bekleidung und Ausrüstungsgegenstände, ein Privatlager, ein Weinlager und ein Lager (wahrscheinlich ein Scheinlager) für Unterlagen und sakrale Gegenstände ostpreußischer Pfarrämter wurden im Dezember 1944 in den Schächten Springens angelegt.

Am 12. Februar und am 03. März 1945 trafen zwei Eisenbahntransporte (insgesamt 24 Eisenbahnwaggons) mit dem größten Teil der Bestände der Reichsbank, bei der damaligen Grube Kaiseroda

II/III (heute Grube Merkers) ein. Hier wurden unter Ausnutzung vorhandener Kammern 80 Prozent des Reichsgoldes, ungefähr 230 Tonnen eingelagert.

Der aus vielen Ländern zusammengeraubte Goldschatz von 8.645 Goldbarren zu je 12,5 kg Feingold und Silber bestand zu einem nicht geringen Teil aus eingeschmolzenem Schmuck und Zahngold der Unglücklichen, die in den faschistischen Konzentrationslagern ermordet worden. Das Gewicht des Zahngoldes schätzte ein Fachmann auf ungefähr 6.000 Kilogramm.

Die Beschlagnahmung bzw. der staatliche Raub des anfallenden jüdischen Vermögens fand unter anderem bei der „Aktion Reinhard" in den industriell betriebenen Tötungsfabriken Belzec, Sobibor und Treblinka statt.

Bei der Einziehung von rd. 180 Mill. RM (ohne Immobilien) erfolgte die Ermordung von mindestens 1,6 Mill. Juden aus Belgien, Holland, Böhmen und Griechenland.

Die geraubten Vermögenswerte führte die „Lubliner Zentrale" dem WVHA und der Reichsbank zu. Die Reichsbank behielt die Münzen und Banknoten zurück und schickte die Juwelen, Uhren und persönlichen Gegenstände an die städtischen Pfandämter in Berlin.

Das von Brillen stammende Gold, sowie Goldzähne und Plomben wurden in den Gewölben der Reichsbank aufbewahrt.

Reichsbank und Golddiskontbank errichteten aus den Einnahmen einen Fond, den sogenannten „Reinhardfont".

Unter den eingelagerten Wertsachen befanden sich neben den Beständen Italiens, der Nationalbank Böhmen und Mährens sowie Albaniens Wertsachen aus den besetzten Ländern, die „Devisenschutzkommandos" hier beim Durchkämmen von Juweliergeschäften und Sparkassen, knacken von Schließfächern und Safes der Bankkunden zusammengetragen hatten.

Mit der Einlagerung von drei Milliarden gültigen Reichsbanknoten ging der Reichsbank in Berlin das Geld aus. Schnellstens wurde davon wieder eine Milliarde in Waggons verladen, um sie im Eisenbahntransportmarsch zurück nach Berlin zu bringen. Der Zug kam nicht weit. Gegnerische Flugzeuge hatten verschiedene Brücken in die Luft gesprengt und somit die Eisenbahnverbindung nach Berlin unterbrochen. In aller Eile ging es nach Merkers zurück. Hier wurde der Transport, von den in Merkers eingetroffenen amerikanischen Soldaten in Empfang genommen.

Vom 19. bis 30. März erfolgte die Einlagerung von Museumsgütern aus den Berliner Museen in die Grube Merkers. Das Sammelgut stammte aus 15 verschiedenen Abteilungen, einschließlich der Nationalgalerie. Es befanden sich darunter Gemälde aus dem 14. bis 20. Jahrhundert, die Mehrzahl sämtlicher in Berlin vorhandenen Hauptwerke der deutschen und italienischen Plastik, die fast vollständige Sammlung des Kupferstichkabinetts, die Büste der Nofretete und der „Welfenschatz".

Nebenbei wurde in der Zeit von Oktober bis Dezember 1944 das Gepäck, die Bibliothek und Teppiche des Reichsministers Rust, 20 Kisten mit Akten und Instrumenten der Wasserstraßendirektion Königsberg / Ostpreußen und der „Einsatzgruppe Tanneberg" der Organisation Todt in Kaiseroda II/III eingelagert.

Gleichzeitig ließen die Nazis, in Vorbereitung und Durchführung des „Nero-Befehls", die Schächte des Bergwerkes Merkers zur Sprengung vorbereiten. Ein eigens dafür eingesetzter General sollte beim Herannahen der alliierten Truppen die angebrachten Ladungen in die Luft jagen, um somit für mindestens zwei Jahre die eingelagerten Werte den Zugriff des Feindes zu entziehen.

Der „Nero-Befehl" besagte, dass alle militärischen Verkehrs-, Nachrichten-, Industrie- und Versorgungsanlagen sowie Sachwerte innerhalb des Reiches, die sich der Feind zur Fortsetzung seines Kampfes sofort oder in absehbarer Zeit nutzbar machen konnte, zu zerstören sind.

Speer setzte alles daran die örtlichen Behörden von der Sinnlosigkeit dieses Befehles zu überzeugen, sodass es nicht mehr zur vollständigen Ausführung des Zerstörungsbefehls kam.

Im Kali-Werra-Revier kam es nicht zur Ausführung des „Nero-Befehls". Beim Herannahen der 3. US-Panzerarmee wurde am 27. März 1945 eine Anordnung zur Lähmung der Betriebe erlassen, somit konnten die angebrachten Ladungen nicht mehr gezündet werden.

In den Morgenstunden des 4. April 1945 besetzte eine Einheit des 458. Regimentes der 90. US-Division, die unter den Befehl des Generals Patton stand, den thüringischen Bergarbeiterort Merkers.

Ein britischer Kriegsgefangener, ein Sergeant meldete sich bei den einrückenden amerikanischen Truppen. Er erstatte Meldung über die geheimnisvollen Tätigkeiten der Deutschen in den letzten Tagen und Wochen, über ihr emsiges Treiben im Kalischacht. Die Meldung wurde ein Tag später durch die griechische Freundin eines Obersteigers, der wusste, was es mit dem Versteck im Kalischacht auf sich hatte, erhärtet. Sie berichtete über das Gold.

So entdeckten die Amerikaner am 6. April, im Schacht des Kalibergwerkes, die eingelagerten Gold- und Devisenbestände der Deutschen Reichsbank und der SS sowie die Kunstgüter des zusammengebrochenen Reiches. Dicht an dicht lagerten im Ort Nr. 8 nach Norden die Säcke mit den Wertgegenständen. Sie fanden hier allein Reichsbankbestände von 238 Millionen Dollar.

Grausam war der Fund über Goldzähne, Ringe, Schmuck, Überreste, die nicht mehr eingeschmolzen und in Schweizer Tresore „in Sicherheit" gebracht werden konnten.

Welche Bedeutung die Amerikaner diesen Fund beimaßen zeigt die Tatsache, dass der Oberkommandierende der alliierten Streitkräfte in Europa, General Dwingt D. Eisenhower mit seinem Stab, die Generale Patton und Bradley am 12. April in das Bergwerk einfuhren, um sich ein Bild zu machen. Geführt wurden sie vom Colonel Bernstein, der im Auftrag des amerikanischen Oberkommandos mit seinen Mitarbeitern tage- und nächtelang versuchte sich einen genauen Überblick über die eingelagerten Nazischätze zu verschaffen.

Die Gold- und Devisenbestände sowie Kunstgüter lagerten die Amerikaner am 15. April aus der Grube aus.

Bei der Verabschiedung bedankte sich Colonel Bernstein per Handschlag beim Bürgermeister Eitzert, einem alten SPD-Mann.

ERNST-ULRICH HAHMANN

Todesursache:

Vernichtung durch Arbeit

Außenkommandos des KZ Buchenwald im Kali-Werra-Revier

Die Außenkommandos des Konzentrationslagers Buchenwald und der Einsatz von Kriegsgefangenen und Zwangsarbeitern im Kali-Werra-Revier

Das vorliegende Büchlein ist der zweite Band der Fortsetzungsreihe: *„Vernichtung durch Arbeit"*. Es greift ebenfalls diesen Gedanken auf, der sowohl den Theoretikern des Nationalsozialismus als der deutschen Führung geläufig war.

Allein der deutschen Rüstungsindustrie fehlten 1943 zwei Millionen Arbeitskräfte. Es kamen nicht nur russische Kriegsgefangene, Zwangsarbeiter sondern auch Häftlinge aus dem Konzentrationslager ins Spiel.

Hierbei kommt man unweigerlich auf die Kali-Werra-Region zu sprechen, die für diese Zeit extreme Schattenseiten aufweist. Dabei ist der Umgang mit der Geschichte von 1933 bis 1945 nicht immer einfach.

Zum Jahreswechsel 1944/45 entstand in Leimbach/Kaiseroda bei Bad Salzungen das Außenkommando *„Ludwig Renntier"* und in den ersten Tagen des Januars 1945 das Außenkommando *„Heinrich Kalb"* im Schacht I in Springen.

Beide Außenkommandos des KZ Buchenwald wurden Eingesetzt zur Vorbereitung der Rüstungsproduktion. Einmal ging es um die Reparatur bzw. Produktion für BMW-Flugzeugmotoren. Zum anderen ging es um die Produktion des Leitwerkes der Geheimwaffe V-2.

Die systematische Vernichtung stand dabei nicht im Vordergrund, die Häftlinge sollten an der Arbeit zugrunde gehen.

Gegenüber dem Außenkommando *„Kalb"* gab es im Außenkommando *„Renntier"* eine feste antifaschistische Leitung.

Die beiden Außenkommandos bestanden nur einige Wochen bzw. Monaten als sie mit dem Herannahen der amerikanischen Truppen in Fußmärschen deren Zugriff entzogen werden sollten.

Leseprobe

Dicke Dampfwolken stiegen auf, die Kolbenstangen der Loko-motive tauchten in die Zylinder und wurden wieder herausgezogen. Die großen Räder drehten durch. Langsam setzte sich die Maschine in Bewegung und mit ihr die lange Reihe schmutzig roten Güterwag-gons.

Fünfhundert ausgehungerte, durchgefrorene und kranke Häft-linge standen zusammengepfercht in den Viehwaggons und rollten einer ungewissen Zukunft entgegen.

Ratata …, ratata …, ratata …, so hämmerten die Räder auf den Schienen. Und der Zug rollte und rollte durch die verschneite Winterlandschaft Thüringens. Mit jeder Minute nähern wir uns dem Ziel versprach das ratata …, ratata …, ratata … des rollenden Zu-ges.

Dem Ziel!

Was wird sie am Ziel erwarten?

Welchen Schikanen der SS werden sie wieder ausgesetzt sein?

Ihnen ist schon alles egal. Am Ziel gibt es auf jeden Fall frische Luft und Bewegungsfreiheit. Zu essen wird es vielleicht auch etwas geben und wenn es nur stinkendes Fleisch in einer dünnen Wasser-suppe ist.

Die Räder der Waggons dröhnten rhythmisch auf den Schienen.

Telegrafenmasten huschten am Luken Viereck vorbei.

Eine Wolke weißen dichten Dampfes, der hinter der Lokomotive herzog, verdeckte immer nur für Augenblicke den Horizont.

Der Zug kroch schnaufend durch die bergige Landschaft.

Grau, wie schmutzige Stoffffetzen, trieben Wolken am Winter-himmel dahin.

Die Bäume und Büsche zu beiden Seiten des Bahndammes bo-gen sich unter der weißen Schneelast.

Hoch oben brummend ein Flugzeug. Klein wie ein Vogel zog die viermotorige Maschine am wolkigen Himmel dahin. Ein schmaler Silberstreif blinkte auf ihren Schwingen. Dann tauchte sie in einen dunklen Wolkenvorhang.

Die Waggons schaukelten unbarmherzig und quietschten in den Kurven.

Am Nachmittag verlangsamte sich die Fahrt des Zuges plötzlich und er wechselte mehrmals die Gleise.

An diesem Winterabend - Heiligabend 1944 - näherte sich der Güterzug pfeifend den Bahnhof Dorndorf. Hinter den mit Stacheldraht gesicherten Fenstern, der Güterwaggons konnte man die bleichen knochigen Gesichter der Häftlinge erkennen.

An einer Fahnenstange, auf dem Dach des Bahnhofgebäudes wehte die Hakenkreuzfahne schwach im Wind.

Auf dem Bahnsteig stand das Empfangskomitee. Es waren Angehörige der Waffen-SS, baumlange, schlaksige Figuren in schwarzen Uniformen, das Symbol des Todes an den Mützen, mit Revolvern an den Gürteln, in den knochigen Händen Maschinenpistolen, Karabiner, Hundepeitschen, Gummischläuche oder einfache Knüppel.

Der Zug rollte noch, da rasselten bereits die Schlösser der Türen, Scharniere quietschten und die Waggontüren wurden mit Geschrei aufgerissen. Die SS-Männer sprangen hinein und prügelten auf die Häftlinge ein, während sie schrien: „Los, los, alles raus! Schneller ...!"

Mit dem Augenblick als der Zug hielt hatten sich die SS-Leute in wahre Teufel verwandelt.

„Raus ...! Alles raus ...! Klamotten mitnehmen ...! Im Laufschritt marsch, marsch!" brüllte eine Stimme.

SS-Schergen richteten die Mündungen ihrer Gewehre auf die abgemagerten und geschundenen Gestalten in den Waggons.

„Los ...! Vorwärts, ihr Hunde!"

Zitternd vor Schreck, Hunger und Kälte, erschöpft nach so viel Tagen zusammengekrümmt, taumelten die Häftlinge, nach ihren kleinen Bündeln greifend, eilig aus den Waggons heraus, geblendet von der plötzlichen Helligkeit.

„Los! Schneller! Wir werden euch beibringen, sich schnell zu bewegen!"

Unerwartet hagelte es erneut Schläge auf Rücken und Köpfe, in die Gesichter der vor Schreck kopflosen Häftlinge.

„Los, los ihr Vögel!"

„Raus ihr Halunken!"

„Seit ihr noch nicht draußen!"

„Wollt ihr laufen, ihr Schweine!"

Und dazwischen immer wieder das Sausen und Klatschen der Peitschen und Knüppel, das Schreien der getroffenen Opfer, das rohe Lachen der brutalen Schläger.

„Alles raus, alles raus! Lasst eure Sachen vor den Waggons liegen! Aufreihen zu fünft!"

Halb benommen, mit zitternden Gliedern, kaum auf den Beinen stehend formierten sich die Häftlinge zu einer Marschkolonne in Fünferreihe.

„Los ...! Los ...! Einreihen!"

Der Blick der Häftlinge wanderte zu den verschneiten Hügeln.

„Rhönberge" flüsterte jemand.

Kaum standen die Häftlinge in Fünferreihe angetreten, wurde abgezählt und der Marsch begann durch eine von Schnee und Eis bedeckte Landschaft.

Ohne warme Kleidung und angemessenes Schuhwerk machte die klirrende Kälte den Häftlingen schwer zu schaffen. Scharf schnitt die kalte Luft in die Gesichter und es dauerte nicht lange, da begannen bei einigen die Ohrläppchen und Nasenspitzen weiß zu werden. Die ersten Anzeichen von Erfrierungen.

Hart knirschte der Schnee unter den genagelten Stiefelsohlen der SS-Männer.

„Schneller ...! Schneller ...! Wer zurückbleibt wird erschossen!"

Diejenigen die zurückbleiben wollten wurden von den SS-Männern mit Gewehrkolben vorwärtsgetrieben, dabei schrien sie immer wieder: „Wir machen euch Beine! Euch verfluchtes Pack!"

Langsam schleppten sich die abgezehrten, schmutzigen Gestalten in ihren schweren Holzpantinen, in der dünnen gestreiften Häftlingskleidung, einzelne mit gestreiften Mäntel darüber, durch das Dorf.

„Los ...! Vorwärts ihr Hunde! Links, zwei, drei, vier! Wer zurückbleibt wird umgelegt!"

Links und rechts der Kolonne SS-Leute die mit Gewehrkolben immer wieder auf die Häftlinge einschlugen.

Die in der Mitte marschierenden Häftlinge blieben von den Schlägen und Fußtritten der SS-Männer einigermaßen verschont.

„Bewegt die Knochen! Ihr habt lange genug gefaulenzt!"

Wieder setzte es Schläge und Kolbenstöße.

Nach einem Fußmarsch von gut einer Stunde erblickten die ausgehungerten, durchgefrorenen Häftlinge ein gelbes Ortsschild, auf dem in schwarzen Buchstaben Springen stand. Und über den Baumkronen sahen sie zwei Fördertürme.

Schachtanlagen?

Keine Fabriken, keine Hallen?

Nur vereinzelte Bauernhöfe und ein paar Häuser.

Vorbei ging es an den Bauernhöfen und den Häusern.

Vorbei ging es an den Fördertürmen.

Ein mit Stacheldraht eingezäuntes Barackenlager folgte. Hier bog die Spitze der Marschkolonne in einen Seitenweg ein.

Links und rechts säumten hohe Tannen den Weg.

Nur mühsam bewegten sich die Häftlinge auf dem spiegelglatten Weg vorwärts, ständig von den Flüchen der SS-Männer angetrieben.

Ein älterer Häftling rutschte auf der Eisfläche aus und fiel hin. Sofort halfen ihm andere auf die Beine, hakten ihre Arme unter und führten ihn weiter. Nur keinen liegen lassen, keinen zurück lassen hieß die Devise, denn die SS-Henker erschlugen jeden der nicht mehr weiter konnte.

Unter dem linken Knie des Gestürzten färbte sich die gestreifte Hose rot, und mit einem Blick dankte er seinen Kameraden.

Zwischen dem Grün, der Tannen tauchten plötzlich die dunklen Konturen eines Förderturmes auf.

Ihr Bestimmungsort - Schacht 1 des Kalibergwerkes Springen.

Gerade als die traurig anzusehende Kolonne die freie Fläche vor der Schachtanlage betrat klang der helle Glockenschlag der Signalanlage des Förderturms herüber.

„Abzählen!" erklang ein Kommando.

„Stillgestanden ...! Zu fünft aufstellen!"

ERNST-ULRICH HAHMANN

Todesursache:

Vernichtung durch Arbeit

Einsatz Kriegsgefangener und Fremdarbeiter im Kali-Werra-Revier

Die Außenkommandos des Konzentrationslagers Buchenwald
und der Einsatz von Kriegsgefangenen und Zwangsarbeitern
im Kali-Werra-Revier

Der dritte Band, der Fortsetzungsserie: *„Vernichtung durch Arbeit"* beschäftigt sich mit dem Einsatz von Kriegsgefangenen und Fremdarbeitern im Kali-Werra-Revier.

Die Umstellung und die Einberufung wehrfähiger Männer zur Wehrmacht verschärften den spürbaren Mangel an Arbeitskräften in Deutschland und so kam es mit Beginn des Krieges zu Schwierigkeiten vor allem in der Wirtschaft und der Industrie. Dieser Prozess verschärfte sich, je länger der Krieg dauerte.

So erfolgte der verstärkte Einsatz ausländischer Arbeitskräfte, die mehr oder weniger gewaltsam ins Reich geholt wurden und von Kriegsgefangenen in der heimischen Wirtschaft, insbesondere in der Rüstungsproduktion und in der Landwirtschaft.

Wie für ganz Deutschland hatte der von den Nazis begonnene Zweite Weltkrieg auch für das Kali-Werra-Revier einschneidende Folgen. Hier in den Gruben und Fabriken erfolgte ebenfalls der Einsatz von Kriegsgefangenen und zwangsverpflichteten Arbeitskräften, um dem kriegsbedingten Personalmangel auszugleichen. Um hier nur einige zu nennen, es waren unter anderem der Rüstungsbetrieb *„Schmöle & Co."* (Hartmetallwerk Immelborn), die Munitionsfüllanstalt *„Erdmann Wühle"*, die Maschinenfabrik *„W. Prox"* (Pressenwerk), die Firma *„Jung & Dittmar"* (Kaltwalzwerk), übernommen von der Firma Reum oder die Porzellanfabrik Stadtlengsfeld.

Neben dem Einsatz in der Rüstungsindustrie wurden Kriegsgefangenen und Fremdarbeiter auch in anderen Firmen, bei Bauern und Handwerkern beschäftigt.

Anfang 1945 erfolgte noch ein Einsatz von russische Zwangsarbeiter im Kali-Werra-Gebiet zu Straßenbauarbeiten und zur Herstellung der Infrastruktur für die Verlagerungsbetriebe.

Leseprobe

Eines Tages herrschte den ganzen Vormittag über eine gewisse Un-
ruhe unter den Ostarbeitern. Die sowjetischen Mädchen und Jungen
unterhielten sich aufgeregt. Sogar die französischen Kriegsgefange-
nen ergriff eine gewisse Nervosität.

Was war geschehen?

Irgendwer hatte erzählt, dass es mittags stinkendes Fleisch ge-
ben sollte. So dauerte es nicht lange und die Ostarbeiterinnen waren
sich einig die Esseneinnahme zu verweigern.

Dann, mittags ein großer Auflauf auf dem Werkhof.

Nicht einer ging zum Essen.

Die Betriebsleitung verständigte sofort den Gendarmerie Leut-
nant Lange in Bad Salzungen. Lange, ein berüchtigter Schläger er-
schien mit zwei Nazischergen. Mit Gummiknüppeln und Gewehr-
kolben schlugen sie erbarmungslos und brutal in die Gesichter und
auf die Rücken der Ostarbeiterinnen bis viele von ihnen zusammen-
brachen.

Sascha eine deutschsprechende Ostarbeiterin wurde durch den
Schläger Lange fürchterlich zugerichtet und in der Baracke bewusst-
los geschlagen, weil sie die Ostarbeiterinnen aufforderte, eng zusam-
menzustehen.

Anderen Tags kam Sascha wieder zur Arbeit.

Nur um wieder zu arbeiten?

Nein! Jeder sollte ihren Zustand sehen, ihr blutiges Gesicht, ih-
ren zerschlagenen Rücken, der die Menschen aus ihrer Stumpfsinnig-
keit wecken sollte.

Und Lange was machte er?

Na, der musste doch zeigen wer er war. An den Schornstein des
Werkes klebte er eine „Warnung!", in der es hieß: „Ich warne die
Kommunisten, die sich mit den Bolschewisten verbunden haben. Ich
werde dafür sorgen, dass ihre Nester liquidiert werden!"

Auch Arbeiter, die nichts mit der Sowjetunion und den Kommu-
nisten zu tun haben wollten, schüttelten, nachdem sie den Wisch
gelesen hatten, den Kopf.

Tage darauf ging eines Morgens ein Summen, Brummen und Raunen durch das Werk.

Was war passiert?

An der dritten Abort Tür stand großgeschrieben:

Nieder mit Hitler, dem Kriegsverbrecher!

Polizei und Gestapo suchten vergeblich nach den „Übeltäter". Erst später stellte es sich heraus, dass diese Losung der Kommunist Martin Luther geschrieben hatte.

Für die Munitionsfüllanstalt Erdmann Wühle trafen am 10. August 1941 60 Kroaten und 180 Flamen ein. Ihre Unterbringung erfolgte auf dem Saal des „Weißen Rosses" in Leimbach und den Saal in Kaiseroda.

In der Autolackiererei Kallenbach wurden erst 40 flämische Frauen und später dann 10 Ehepaare aus Belgien untergebracht.

Den übrig gebliebenen ausländischen Arbeitern wiesen die Nazis Privatquartiere zu.

1943 arbeiteten rund 300 Deutsche, 300 Flamen, 30 Italiener, 60 Kroaten bzw. Jugoslawen in der Munitionsfüllanstalt Wühle. In zwei Schichten wurden täglich rund 200.000 Granaten hergestellt. Durch die Akkordarbeit und das Nichteinhalten der Arbeitsschutzbestimmungen kam es zu zahlreichen Unfällen.

Es gab Verletzte und Tode.

Vom Gelände der Munitionsanstalt aus fuhren Arbeitskolonnen der Fremdarbeiter in den Schacht Kaiseroda I ein. Es waren vorwiegend sowjetische Frauen und Männer, die an vielen Arbeitsplätzen verstreut und zum Teil in der Nähe der Häftlinge des Außenkommandos „Renntier" des KZ Buchenwald unter Tage arbeiteten. Die Ostarbeiter mussten, dass bei der Herrichtung von Produktionshallen anfallende Salz in bereitstehende Loren werfen.

Aber nicht nur bei Erdmann Wühle gab es Verletzte und Tode, sondern auch in anderen Rüstungsbetrieben, wo der Einsatz der Zwangsarbeiter erfolgte.

Häufige Todesursachen waren Beckenbrüche, Verbrennungen, Starkstromverletzungen, Lungenentzündungen, Bauchverletzungen, Kachexie, Sepsis, Peritonitis pudrida, Magenperforationen und Bombenverletzungen.

Eine langersehnte Hoffnung erfüllt sich. Wesley, Sörensen und Weick starten mit dem Sternenschiff - Richtung Mutter Erde.

Unliebsame Überraschungen warten nicht nur beim Rückflug des Sternenkreuzers zur Erde auf die Drei. Auf der Erde angekommen müssen sie feststellen, dass Kräfte am Werk sind, die die Weltherrschaft an sich reißen wollen.

Die Drei geraten dabei zwischen die Fronten der rivalisierenden Kräfte.

Die Menschheit ist auf dem besten Weg sich selber zu vernichten.

Die Situation zwischen den konkurrierenden Mächten spitzt sich zu und es kommt zu militärischen Auseinandersetzung. Die sich daraus entwickelnde Lage lässt der Besatzung des Sternenkreuzers keine andere Wahl, als die Erde mit einem übereilten Start zu verlassen.

Leseprobe

Mit sorgenvoller Miene hantierte Sörensen immer noch am Funkgerät. Wieder und wieder jagte er den gleichen Funkspruch Richtung Erde: „Hier Sternenschiff Scout... Befinden uns auf dem Rückflug vom Centauri zur Erde... Sind Überlebende des Photonenweltraumkreuzers Timperwind... Außerirdische Zivilisation entdeckt... Der Mensch ist nicht allein im Universum... Gebt Antwort... Sörensen.“

Vergeblich wartete Sörensen auf eine Antwort. Nur Rauschen, Knistern und Knattern war die Antwort.

Die Geschwindigkeit des Scouts lag schon merklich unter der des Lichtes.

Wesley sah den heimatlichen Stern als erster.

Die Erde!

Welche Gedanken und welche Wünsche wurden da wach?

Die Erde!

Die Erde! Dieses Wort bedeutete in der Nacht des Weltraumes so viel wie vor Jahrhunderten der Ruf: - Land in Sicht - in den blaugrünen Wüsten der Ozeane.

Wie ein Magnet schien der blassblaue Planet das Sternenschiff unweigerlich anzuziehen.

Auf dem erleuchteten Schirm hob sich eine plastische, wolkenumhüllte Kugel ab, auf der sich schon die fünf gelbbraunen Kontinente und das Königsblau des Ozeans abhoben.

„Die Erde", flüsterte Wesley in das andächtige Schweigen.

Die Erde wurde heller und größer und kam näher.

Ein Stern blaugrün und daneben der Mond, ein kleiner, weißer Stern!

Die Erde wanderte seitwärts aus dem Bildschirm, vom Mond verdrängt, der jetzt größer wurde.

Wesley fuhr im Kommandantensessel in die Höhe, als er den Mond aus der Nähe erblickt. „Seht nur!" kam es aufgeregt über seine Lippen. „Der Erdtrabant hat eine rötlich glühende Oberfläche."

„Das ist nicht mehr der Mond, das ist eine im Entstehen begriffene Miniatursonne, verursacht durch eine atomare Kettenreaktion" bemerkte Gecko sofort.

„Ein winziger radioaktiver Stern?"

„Ja ein winziger radioaktiver Stern!"

„Das würde bedeuten", folgerte Wesley sofort, „dass unser Mond, der einst ein toter nicht selbständig leuchtender Weltraumkörper war, allem Anschein nach einer atomaren Katastrophe zum Opfer gefallen ist und man jetzt auch bei uns beinahe von zwei Sonnen sprechen kann. Die Erde könnte damit einer zusätzlichen radioaktiven Strahlung ausgesetzt sein, die früher nicht ... "

Wesley sank in den Sessel zurück und rührte sich lange Sekunden nicht. Wilde Vermutungen schossen durch sein Gehirn, unklar und chaotisch: Hatte es auf der Erde Krieg gegeben? Wer hatte ihn gewonnen? War eine Kobaltbombe auf den Mond gestürzt? Oder sollte etwa? ... Verdammt! Seine Vermutungen!

„Ein Unglück nehme ich an", hörte er unerwartet die ruhige Stimme Sörensens. „Vielleicht ist ein Experiment außer Kontrolle geraten. Eine Kettenreaktion war die Folge."

„Möglich", erwiderte Wesley ohne jede Überzeugungskraft. „Hast du schon Funkverbindung zur Erde?"

„Nein! Nichts, gar nichts! Es ist wie verhext", antwortete Sörensen.

Wesley zögerte einen Moment bevor er sagt: „Wir sollten vielleicht erst landen, wenn die Funkverbindung steht."

„Dann könnte es sein, dass wir bis zum Sankt Nimmerleinstag warten. Der radioaktiv strahlende Mond ist sicher an der Funkstörung schuld. Ich habe bisher von der Erde kein einziges Funksignal empfangen können."

„Daran habe ich nicht gedacht. Eine Möglichkeit …, richtig."

Die Erde war zur Kugel geworden, und der Mond zu einer matt rötlich schimmernden Minisonne.

Wesley steuerte das Sternenschiff in eine stabile Umlaufbahn und deaktivierte den Antrieb.

Der unsichtbare Energieschirm hüllte den Scout schützend wie eine undurchdringliche Glocke ein.

Scheinbar unbeweglich stand das Schiff im Raum, während sich unter ihm der blaue Stern langsam hinweg drehte.

Die Erde nahm fast das ganze Blickfeld ein. Hell und klar stand sie auf dem großen Bildschirm.

Das Rote Meer lag unter ihnen, frei von Wolkenfeldern. Darüber die Konturen Europas, ein wenig bedeckt, aber klar erkennbar. Sowohl Afrika wie Europa hatten die Formen, wie sie sie von der Landkarte her kannten, anders hingegen die Ostküste von Nord- und Südamerika. Vom Schiff aus gesehen lag sie am linken Rand der Erdkugel. Ein Teil war von Dunst bedeckt, und man konnte die Küstenlinie nur erahnen.

Zwei Tage vergingen und immer noch keine Funkverbindung zur Erde.

Was war da unten nur los?

Quälende Ungewissheit.

Letztendlich riss Wesley die Geduld und er entschloss sich trotz fehlender Funkverbindung zur Landung.

Der Scout verringerte die Geschwindigkeit, verließ die Umlaufbahn und näherte sich der Planetenoberfläche.

Ernst-Ulrich Hahmann

Todesursache:

Vernichtung durch Arbeit

SS-Arbeitslager „Erich"

Leben und Sterben in den Außenkommandos
des Konzentrationslagers „Mittelbau-Dora" in der
Südharzstadt Ellrich

Der vierte Band, der Fortsetzungsserie: „*Vernichtung durch Arbeit*" beschäftigt sich mit dem Leben und Sterben im SS-Arbeitslager „*Erich*" (Ellrich-Juliushütte), dem größten Außenkommando des Konzentrationslager „*Mittelbau-Dora*". Der kleine, friedliche Ort Ellrich wurde in den letzten Kriegsjahren von den grausamsten Verbrechen der Naziherrschaft heimgesucht. In der Südharzstadt entstand eines der grauenhaftesten nationalsozialistischen Außenkommandos, das im Herbst 1944 eine Belegungsstärke von 8.200 Häftlingen erreichte. Mehr als 4.000 Menschen haben in der kurzen Zeit des Bestehen 1944/45 in diesem Lager ihr Leben gelassen.

Es geht hier aufzuzeigen das Neben der „*Vernichtung durch Arbeit*", es besonders in diesem Lager viele weiter Faktoren gab, von denen die Überlebenschancen jedes einzelnen Häftlings abhingen. Menschenverachtende Einstellung der SS-Angehörigen und der Kapos machten vor dem Leben der Inhaftierten keinen Halt. Schikane, Brutalität und Mord gehörten zur Tagesordnung.

Kaum wird heute einer eine Vorstellung davon haben wie es den Häftlingen auf den Baustellen oder im Stollen ergangen ist, wenn sie von SS-Angehörigen und Kapos erbarmungslos niedergeschlagen oder gar erschlagen wurden, was ein Dahinsiechender in der elenden Sterbebaracke und in Krankenrevier fühlte.

Mit dem Herannahen der amerikanischen Truppen wurden die Häftlinge des Lager „*Ellrich-Juliushütte*" auf Evakuierungstransporten deren Zugriff entzogen.

Leseprobe

Der 6. Dezember 1944, Sankt Nikolaus ging vorbei wie alle Tage, außer im Block 7, da wurde für eine Überraschung gesorgt.

Sobald die Häftlinge eintraten und sich hungrig um die Suppen-verteilung vordrängten, stand dort ein gebeugter, lächelnder Sankt Nikolaus, der sie mit den Worten: „Ich begrüße Euch meine lieben Kinder!" willkommen hieß.

Sein Gewand bestand aus einem weißen Laken und hellroten Papier. Selbst der Bart und die Bischofsmütze fehlten nicht. Er stützte sich auf einen langen Stock und auf dem Rücken trug er einen vielversprechenden Sack. Sei lächelndes Gesicht zierte eine rot gemalte Nase.

„Wenn ihr brav und ordentlich euer Süppchen geschlürft habt, komme ich jeden von euch besuchen!"

Sankt Nikolaus in einem Konzentrationslager?

Die Häftlinge schmunzelten vor Freude, obwohl diese nicht viel erwarteten. Aber nur der Gedanke daran war voller Wärme und Hoffnung, um dabei an zu Hause denken zu können.

Noch niemals war eine Suppenausteilung so schnell beendet. Sankt Nikolaus konnte kommen.

Und er kam, der Brave.

Die Häftlinge mussten sich in langen Reihen längst der Bettge-stelle aufstellen. Und vor allem durften sie nicht drängeln.

Schnell war der Wunsch des Nikolaus erfüllt und es dauerte nur einige Minuten, bis alle angetreten da standen.

Mit wachsender Spannung beobachteten die Häftlinge den Ni-kolaus, der recht langsam den Sack öffnete.

Und was kam zum Vorschein?

Brotstückchen, sogar Zigaretten, Zuckerstücke und Papier mit ein wenig Tabak tauchten aus der Tiefe des Sackes auf.

Auf vielen Gesichtern ungläubiges Erstaunen.

Aber plötzlich stürmten die Russen auf dem Nikolaus zu und vertrieben alle anderen. Hoffnungslos umzingelt stand er dort mit Stock und Sack, grell schreiend und drohend. Das freundliche Gesicht zu einer wütenden Fratze verzogen kam über seine Lippen eine Fontäne von Flüchen und Schimpfwörtern: „Verdammte Hunde, dreckige Schweine, Banditen, Verbrecher!"

Dann erschien der Blockälteste, eine gedrungene, breite See-mannsgestalt, flankiert durch den Lagerschutz. Mit Faustschlägen und Knüppelhieben drangen diese auf die Gruppe ein. Häftlinge stürzten zu Boden und die die sich in Sicherheit bringen wollten liefen einfach über die Leiber hinweg.

Mitten darin Sankt Nicolaus, der seinen langen Stock schwang und damit Köpfe mit Beulen und klaffenden Wunden zu kleisterte. Sein Bart baumelte nur an einem Ohr.

Jetzt erkannte ihn jeder als den Stubendienst, einen neidischen und robusten Tschechen.

Schnell hatte der Blockälteste mit dem Lagerschutz die Ordnung hergestellt.

Eine Kolonne mit blutenden Köpfen zog nach dem Revier, und der begehrte Sack wurde vom Blockältesten eingezogen.

Ein ruhmloses Ende vom Sankt Nikolaus im Konzentrationslager.

Es wurde immer kälter. Trotzdem mussten die Häftlinge die Überbekleidung ausziehen oder es setzte eine Strafpredigt mit dem Gummiknüppel.

Die einzige Decke, die zum Zudecken vorhanden war, reichte nicht aus, den Körper in der Nacht zu erwärmen. Es gab Blöcke, in denen die Decken knapp waren und viele Häftlinge unter ihren Baumwollmantel schlafen mussten.

Die Weihnachtstage näherten sich, und das Thermometer sank auf 23 Grad unter null. Da wurde der Morgenappell zum qualvollsten Augenblick des ganzen Tages.

Über den freien Platz wehte der eisige Wind. Nur bekleidet mit dünnen und in Fetzen hängenden Hemden, eine Unterhose und als Oberbekleidung die gestreifte Hose und Jacke waren die Häftlinge erbarmungslos der klirrenden Kälte ausgeliefert. Die noch einen gestreiften Mantel aus Baumwolle hatten waren etwas besser dran. In dieser zerlumpten Kleidung standen die Häftlinge eine halbe, manchmal eine dreiviertel Stunde in der frostigen Winterluft, ehe diese den Marsch zur Eisenbahn antraten. Für die, die das Überlebten, ist es heute ein Rätsel, wie sie das überstehen konnten.

Dann kurz vor Weihnachten eine erneute Entlausung der Häftlingsbekleidung, denn im Lager kursierte ein seuchenartiger Durchfall, der in vielen Fällen tödlich verlief.

Als abends die Kleidungen eingesammelt wurden, betrug die Außentemperatur minus 12 Grad. Die Häftlinge mussten sich nackt ausziehen und die Kleidung in haltbare Bündel zusammenpacken, dabei musste die Häftlingsnummer sichtbar sein, dass man sie wieder fand. Die Bündel kamen in den Hof, wo eine provisorischer fahrbarer Desinfektionsapparat stand. Während die Sachen desinfiziert wurden, musste jeder Häftling durch eine Dampfdesinfektion. Dem Dampf waren unbekannte Insektizide zugesetzt.

Eingefallene und abgezehrte nackte Männer warteten dann in der Kälte schlotternd auf die Kleidung.

Aufgrund der Fliegeralarme in dieser Nacht erhellten nur zwei Karbidlampen die düstere Szenerie. Bleiche Schatten kamen und gingen. Einige Häftlinge, denen irgendein Puder auf das Geschlechtsteil gestreut worden war, hielten ihre dünnen Hände davor.

Es war ein grotesker Anblick, der sich da im Halbdunkeln abspielte, beleuchtet nur vom schwachen Schein der Lampen.

Es hatte etwas Geisterhaftes an sich.

Bei der Ausgabe der Kleidung rissen die Stärkeren überwiegend Russen, Polen und Tschechen die besten Kleidungsstücke an sich, während die Schwachen in Lumpen oder halb nackt wieder zurück auf die Strohmatratzen krochen, die nicht behandelt worden waren und auf denen die Läuse nur so umherkrabbelten.

Das Ergebnis der Entlausungsaktion war gleich null. Am nächsten Tag wimmelte es wieder von Parasiten, und alles begann von vorn.

Jetzt war es unter den Häftlingen schon so weit, dass man abends, beim Ergattern einer Schlafgelegenheit sich nicht mehr um die offensichtlich gefährlichen Strohsäcke schlug.

Zur Hölle wurde die kalte Jahreszeit. Die Wasserleitungen waren wochenlang eingefroren und es gab kein Trinkwasser. An Waschen war da eh nicht zu denken und wieder war da eine Desinfektion fällig. Nach dem Einsammeln der elenden Häftlingskleidung mussten nur diesmal die Häftlinge den ganzen Tag nackt verbringen.

Viele Häftlinge kamen nach dieser unheilvollen Entlausung mit Lungenentzündung in das Revier. Andere, die nicht mehr im Revier aufgenommen wurden, krepierten im Block jämmerlich.

Ein schrecklicher Winter!

In der Nacht vom 21. zum 22. Dezember 1944 drangen zwei französische Häftlinge in eine Baracke ein in der, diese Tags über gearbeitet hatten. Sie schlugen die Scheiben ein und fanden im Inneren zwei Arbeitsanzüge und ein Paar Stiefel mit Holzsohlen. So gekleidet konnten die beiden die Posten täuschen und die Flucht ergreifen. Um 4.00 Uhr stellte der Vorarbeiter das Verschwinden der Häftlinge fest und erstattete Meldung.

Durch die sofort vom S. D. eingeleitete Suchaktion wurden die beiden Häftlinge um 5.15 Uhr in der Nähe des Stollens am Himmelsberg bei Woffleben durch zwei Werkschutzmänner aufgegriffen.

Auf den Knien und mit hinter dem Kopf verschränkten Händen mussten die Ausbrecher zitternd vor beißender Kälte warten, bis die Gestapo sie abholte.

Beide Häftlinge trugen Zivilkleidung, und außerdem fand man bei ihnen Pläne und Zeichnungen.

Die geschwollenen Lippen und die blutverschmierten Gesichter der beiden Franzosen ließen ihre Hagerkeit noch mehr hervortreten. Nur als Muselmänner hatten diese ein solches Abenteuern versuchen können. Unter den zerfetzten Hemden zeichneten sich deutlich die Rippen ab, und man fragte sich, ob es nicht die pure Verzweiflung war, die diese zu diesem Entschluss getrieben hatte, umso mehr, als sie kein Geld hatten, keine Verpflegung, nichts, außer einen Plan, den sie gezeichnet hatten.

Vorsätzlicher Fluchtversuch und Einbruchsdiebstahl bedeuteten standrechtliches Erhängen.

Die Weihnachtstage verschafften den Häftlingen zwei Ruhetage, denn an beiden Tagen wurde nicht gearbeitet. Die deutschen Zivilarbeiter hatten Urlaub genommen, um zu ihren Familien im Deutschen Reich fahren zu können. Ein einzelner Zivilarbeiter, ohne Zuhause und ohne Familie, blieb vor Ort und nutzte die Zeit, um Häftlinge beim Transport von Schienen einzusetzen.

Ernst-Ulrich Hahmann

LYRISCHES

Eine Schubkastensammlung aus Poesie

Lyrisches

BoD
Books on Demand

Die Gedichte in diesem Büchlein bilden eine Schubkastensammlung aus Poesie und Phantasie.

Es sind Dichtungen unterschiedlichen Genres, die in den letzten 12 Jahren entstanden. In diesem Sammelsurium von Fabulierungen, Reimen und Versen geht es um die Liebe und die Gefühle, die diese in den Menschen hervorrufen. Aber nicht nur das. Es öffnet sich dem Leser eine Welt in dem es um geschichtliches, esoterisches, landschaftliches, schicksalhaftes aber auch weihnachtliches geht.

Auf jeder Seite, auf nur wenigen Quadratzentimetern von weißem Papier werden mit einer handvoll Wörter Empfindungen und Gedanken hervorgerufen, die Vorstellungen, Bilder und Reflexionen wieder spiegeln. Farbig gestaltete Bilder unterstreichen, den vom Leser gewonnenen Eindruck.

Tauchen sie einfach ein in dieses lyrische Werk aus Strophen und Versformen, dabei geht es nicht um das Denken, Handeln und Streben, sondern einfach um das Da-Sein, das eben. Vergiss einfach einmal die Zeit, denn es zählt nur der Augenblick der dir die Achtsamkeit schickt.

Leseprobe

Achtsamkeit
Achtsamkeit heißt den Moment, den Augenblick im Leben
bewusst in sich aufzunehmen.
Dabei geht es nicht um das Denken, Handeln und Streben,
sondern um das einfache Da-Sein des Eben.

Es geht um die eigene Weisheit,
und ob man zur Annahme und Akzeptanz ist bereit.
Nur dann ist man geneigt
zum Loslassen zu jeder Zeit.

Nicht der Vergangenheit nachzutrauern
und auch nicht auf die Zukunft lauern.
Es zählt nur der Augenblick,
der dir die Achtsamkeit für das Leben schickt.

Erst wenn du lernst die Signale es Körpers zu verstehen
werden innere und natürliche Verbindungen entstehen.
Nicht bestimmte Empfindung gilt es zu beschwören,
sondern einfach aufmerksam das jetzt zu hören.

Achtsamkeit ist die Zauberkraft,
die das bewusste Leben schafft.
Nur durch die Klarheit und die innere Gelassenheit
sind wir für die vielen kostbaren erlebten Augenblicke
bereit.

Mecki der Igel

Laut schnaufend, wie ein kleiner Jogger,
hetzt Mecki, der Igel durch den Garten, ganz locker.
Er ist auf der Jagd nach Frosch und Maus,
aber auch Regenwurm und Schnecke schlägt er nicht aus.

Seine Speckschicht muss wachsen, oh Kinder,
damit er kommt über den Winter.
Das Nest aus Laub und Moss ist bereits gemacht,
so kann er beim ersten Frost sagen: „Gute Nacht!"

Im Frühjahr, kaum ist der Winterschlaf vorbei,
trippelt er schon wieder, durch sein Revier - Juchhei!
Igelinen verdrehen ihm den Kopf, mit Macht.
Die gut riecht, mit der verbringt er eine Liebesnacht.

Mit ihren süßen Vorderpfoten boxen die Damen,
aber Mecki, der Schlingel kennt kein Erbarmen.
Oh Schreck! Was ist das? Stacheln starren ihm entgegen.
Keine Sorge, die Igel Frau hat nichts dagegen.

Sie legt ihre Stacheln ganz glatt an,
damit er sich nicht verletzen kann.
Danach macht sich Mecki aus dem Staube,
denn mit Kindererziehung hat er nichts an der Haube.

Land aus Feuer und Eis

Island, das Land aus Feuer und Eis,
bietet sich mit vielen Gesichtern und Facetten preis.
Stellt sich nach außen mit einem kalten, harten Äußeren dar,
aber auch ein heißer, weicher Kern im Inneren ist wahr.

Erst wenn du, das Eiland hast gesehen,
dann kannst du auch die Menschen verstehen,
die nach einem Besuch nach hier Fernweh bekommen,
denn das Land aus Feuer und Eis macht jeden benommen.

Bestechende Klarheit und faszinierende Schönheit,
hält das Land zu jeder Jahreszeit bereit.
Unberechenbar schön die Natur dabei anzusehen,
kann man gleichsam die irdische Schöpfung verstehen.

Endlose Weiten, Vulkane, eine Landschaft mit Gletschern,
zahllose Wasserfälle, die nicht nur dahin plätschern.
Karge Schotterwüsten, farbenprächtige Gebirgszüge
bieten Einsamkeit und Natur pur mit all ihrem Gefüge.

Ziehen Nebelschwaden über das Hochland dahin,
kommen Geschichten von Trollen und Elfen in den Sinn.
Die die Inselbewohner erzählen aus vergangener Zeit,
ja die Menschen sind hier sehr freundlich und hilfsbereit.

Wer die Einsamkeit liebt, wer allein will mit seinem Sein,
der wird hier Eins mit jedem Fels und Stein,
mit dem Wind der seine Stimme über die Ebene trägt und die Stille,
die windlose Pausen prägt.

ERNST-ULRICH HAHMANN

Todesursache:

Vernichtung durch Arbeit

SS-Baubrigade IV

Leben und Sterben in den Außenkommandos des Konzentrationslagers „Mittelbau-Dora" in der Südharzstadt Ellrich

Im August 1943 erfolgte die Aufstellung der IV. SS-Baubrigade, eine von insgesamt fünf SS-Baubrigaden. Diese mobilen Kommandos der Konzentrationslager wurden im Wesentlichen zu Bau- und Aufräumungsarbeiten sowie zur Bergung von Leichen in den zerstörten Städten nach alliierten Bombenangriffen eingesetzt.

Nach dem Einsatz der IV. SS-Baubrigade in Wuppertal, im KZ Außenlager Königshöher Weg fand deren Verlegung im Mai 1944 nach Ellrich statt und richtete hier mit 1.200 Häftlingen in der Gaststätte *Bürgergarten* in der Spiegelstraße am Schwanenteich ein Außenkommando ein.

Die im Lager *Ellrich-Stadt*, also die im *Bürgergarten* untergebrachten Häftlinge wurden mitten in der Stadt Nordhausen zum Bau eines Wasserspeichers eingesetzt, führten auch Schachtarbeiten an Bohrstellen in der Aue in Ellrich aus. Konkret hieß es aber für die Häftlinge kräftezehrender Arbeitseinsatz beim Bau der Helmetalbahn.

Entgegen der Befehle führte SS-Unterstumführer Erich Scholz die IV. SS-Baubrigade im April 1945, ca. sechs Kilometer westlich von Harzgerode den Amerikanern zu. Dadurch wurde die Auflösung der Baubrigade, nicht wie bei anderen SS-Baubrigaden, zu einem *„Todesmarsch"* und er rette diesen Häftlingen das Leben.

Leseprobe

Im Regen trabten die kranken Häftlinge, das letzte Mal durch die Straßen von Ellrich, zum Bahnhof. Es war eine Kolonne von 300 bis 400 Häftlingen und 30 - 40 Wachposten. Unter den Häftlingen befanden sich 120 bis 140 Mann, die von den Häftlingen des KZ Ellrich-Juliushütte ausgesondert worden waren, also solche, die karteimäßig zur 4. Baubrigade gehörten. Die restlichen 200 Mann der Kolonne waren die am 26. März 1945 aus Mackenrode gekommenen Juden.

Am Bahnhof mussten die Häftlinge aus dem Bürgergarten mehrere Stunden auf das Zusammenstellen des Zuges warten, um dann unter dem üblichen Gebrüll und den Prügeln der SS in die inzwischen für sie bereitgestellten fünf Waggons, offene Güterwagen getrieben zu werden.

Zwei andere Transportzüge standen auf den Nebengleisen des Bahnhofes Ellrich abgestellt. Die darin untergebrachten Häftlinge hörte man klagen, dass sie sich bereits in den überbelegten Waggons seit 48 Stunden ohne Essen und Wasser befanden.

Aber niemand kümmerte sich um diese armen Teufel.

Zusammen mit Häftlingen anderer Lager, insgesamt 1.700 Mann, verließ der Transportzug mit den Kranken und Schwachen der 4. SS-Baubrigade im ersten Morgengrauen den Bahnhof Ellrich in Richtung Westen. Das Transportziel war das KZ Neuengamme bei Hamburg.

Die Fahrt ging über Seesen - Salzgitter - Braunschweig nach Gifhorn. Hier erfuhr der Transportleiter Brauny, dass Neugamme für die Aufnahme der Häftlinge aus dem KZ Mittelbau-Dora nicht mehr in Frage kam und dass er den Transport nach Osten zu führen habe, Richtung Sachsenhausen.

In der Nähe von Lasfelde und Babenhausen horchten die Häftlinge in den Viehwaggons auf, als ein Brummen in Osten zu hören war. Mit immer lauter werdenden Motorenlärm rauschten englische Mosquitos heran und griffen den KZ-Zug an. Im Tiefflug überflogen die Jagdbomber den Zug, luden Bomben ab und beharkten die Waggons aus ihren 7,7 m/m Browning-MGs.

Mit kreischenden Bremsen hielt der Zug, neben dem die Bomben einschlugen. Erdbrocken und Metallsplitter pfiffen durch die Luft. Die Einschläge der MG-Garben ließen kleine Staubfontänen aufspritzen.

Der lange, aus Güterwagen bestehende Zug war wie ein Wurm den Fängen der Jagdbomber ausgeliefert, und nichts zeigte den Piloten an, wer in den Waggons war.

In Panik stürzten die SS-Männer aus dem haltenden Zug und suchten in der Nähe des Bahndammes Deckung vor den angreifenden alliierten Flugzeugen.

Diese Gelegenheit nutzten zahlreiche Häftlinge zur Flucht.

Kaum waren die angreifenden Jagdbomber als glitzernde Punkte am Horizont verschwunden begann das SS-Wachpersonal mit der Jagd auf die entflohenen Häftlinge.

Unterstützt wurden das SS-Wachpersonal von bewaffneten Hitlerjungen und Volkssturm-Männer aus den umliegenden Ortschaften.

Häftlinge, denen diese habhaft werden konnten, wurden gnadenlos erschossen.

Und trotzdem gelang einigen Häftlingen die Flucht.

Am 9. April 1945 erreichte der Transport Brauny Oebisfelde. Wenige Kilometer weiter östlich, beim Weiler Bergfriede hielt der Zug, die Lokomotive wurde abgekoppelt und fuhr davon.

Häftlinge des Außenlagers Ilfeld verließen den Transport.

Eine neue Lokomotive, mächtige Dampfwolken aus dem Schornstein stoßend, rauschte heran. Der Zug wurde angekoppelt und setzte seine Fahrt fort.

Nach zehn Kilometern kam es zum erneuten Halt.

Bei Solpke hatten die alliierten Bombenflugzeuge die Bahnstrecke so gründlich zerbombt, dass eine Station davor, in Mieste, am Abend des 9. April 1945 definitives Ende war.

Der Zug mit 1.100 Häftlingen wurde auf einem Nebengleis des Bahnhofes Mieste abgestellt.

Wenige Stunden später traf ein weiterer Zug mit kranken Häftlingen vom KZ Hannover-Stöcken, einem Außenlager von Neugamme ein. Er wurde hinter den auf dem Abstellgleis stehenden Transport abgestellt.

Fast 48 Stunden blieben die Häftlinge auf dem Bahnhof Mieste in den Waggons eingeschlossen. Seit Tagen ohne ausreichende Verpflegung und nur notdürftig versorgt mit Wasser wurde dieser Aufenthalt zu einer furchtbaren Qual. Der Hunger und die um sich greifende Durchfallerkrankungen taten das Übrige.

In den verschlossenen Waggons verreckten elendig, kurz vor der Befreiung, zahlreiche Häftlinge.

ERNST-ULRICH HAHMANN

Todesursache:

Vernichtung durch Arbeit

Kali-Werra-Revier / Südharzstädtchen Ellrich

Die Erinnerung darf nicht sterben

Der Autor des Buches und der ehemalige KZ-Häftling-Nr. 2216 Alexander Bitschka, einer der elf Überlebenden aus insgesamt sechs Ländern, nahmen an der Gedenkveranstaltung zum 71. Jahrestag der Befreiung des KZ Mittelbau-Dora am 10. April 2016 teil.

Die zahlreichen Mahnmale, Gedenkstätten, Grab- und Gedenksteine erinnern nicht nur an den Kampf und Leidensweg Tausender Häftlinge in den Konzentrationslagern und ihren Außenkommandos, sondern auch an den Leidensweg der Fremdarbeiter und Kriegsgefangenen in Deutschland. An konkreten Bezugspunkten der regional Geschichte werden Verbindungen zur NS-Vergangenheit aufgezeigt. Wo wenn nicht hier ist eine anschauliche Auseinandersetzung mit der Vergangenheit unseres Landes möglich.

Wenn heute führende Politiker fordern, dass Deutschland wieder weltweite Verantwortung zu übernehmen habe, wenn militärische Konflikte aus globalen Machtinteressen heraus angeheizt werden und zu einem neuen Weltkrieg zu eskalieren drohen, dann dürfen wir nicht vergessen was für ein Leid Faschismus und Krieg über die Menschheit gebracht hat.

Alle Menschen auf der Welt müssen die Erinnerungen an die grausame Vergangenheit wachhalten, damit nie wieder so etwas geschieht, denn der Schoß ist noch fruchtbar, aus dem es kroch! Ein Gedankstättenbesuch kann und soll Fragen nach der Ursachen und Formen von Gewalt und Repressionen in der heutigen Zeit auslösen. Niemand wird durch den Gedenkstättenbesuch zum besseren Menschen. Dennoch kann und muss ein Gedenkstättenbesuch ein Teil einer allgemeinen Menschenrechtserziehung sein.

Mit eindringlichen Worten richtete sich der ehemalige Bundespräsident Roman Herzog 1996 an das deutsche Volk: *„Erinnerung darf nicht enden; sie muss auch künftigen Generationen zur Wachsamkeit mahnen."*

Leseprobe

So stand der Kalikumpel Herrmann Storch dem Schicksal der Zwangsarbeiter, die in Merkers unter unmenschlichen Bedingungen arbeiteten nicht gleichgültig gegenüber. Er begann diese mit Lebensmitteln zu versorgen und sie ständig über das Frontgeschehen zu informieren.

Unter den mutigen Deutschen gab es viele Menschen, ohne jede politische Bindung, die versuchten die Lebensbedingungen der Zwangsarbeiter und Kriegsgefangenen zu verbessern.

Zu diesen mutigen Deutschen zählte Else Fieler aus Frauensee. Täglich nutzte sie den Weg, der von Frauensee nach Springen, durch das lang gezogene Tal führte. Hinter einem hohen Drahtzaun, auf dessen Krone sich mehrere Stacheldrahtreihen entlang zogen, waren hier hölzerne und steinerne Baracken errichtet. Mitleidig beobachtete sie jedes Mal die müden ausgehungerten Menschen, viele mit dem erniedrigenden Abzeichen „Ost" auf der Brust, die hier in einem Kriegsgefangenen- und Zwangsarbeiterlager untergebracht waren. An den Längsseiten der Baracken rupften Gestalten, die nichts Menschliches mehr an sich hatten, die wenigen Grasspitzen aus dem Boden, um sie zu essen. Else Fieler fasste den Entschluss, den erbarmungswürdigen Menschen muss geholfen werden. Ab sofort nahm sie jeden Tag gekochte Kartoffeln mit, die ihre Kinder vom Waldrand her den Hang runter kullern ließen. Die Kartoffeln rollten unter den Drahtzaun hindurch.

Die Blicke der Elendsgestalten, unter ihnen Juden, Halbjuden und sowjetische Kriegsgefangene mit dem „SU" auf dem Rücken ruhten begehrlich auf den kleinen Erdäpfeln. Doch die Furcht vor den SS-Männern hielt sie im Bann. Wenn die SS-Leute sich entfernten, siegte der Hunger über den Verstand. Im Nu hatten sie die Kartoffeln aufgesammelt.

Eine von jenseits des Zaunes herübergeworfene Kartoffel war eines Tages, als kein Wachposten in der Nähe war, die Ursache eines wilden Kampfes, um sie in Besitz zu bekommen.

Nicht nur mit Kartoffeln versorgte Else Fieler die Gefangenen. Sie kaufte Holzschuhe von ihrem letzten Geld und schmuggelte sie *über einen polnischen Zwangsarbeiter ins Lager. Der Schuster des Ortes Frauensee, der dies nicht mit ansehen konnte, wie die Frau ihr letztes Hemd hergab, schenkte ihr zum Dank für die Solidarität mit den Gefangenen zwei Paar neue Schuhe.*

Viele Einwohner von Frauensee warnten Else Fieler vor den Repressalien der Nazis.

Aber Else machte weiter.

Die Kriegsgefangenen und Zwangsarbeiter konnten sehr bald Freund und Feind unterscheiden.

Der Sozialdemokrat Paul Berges nahm polnische Frauen, die bei der Reichsbahn arbeiteten mit nach Hause. Er gab ihnen zu essen, sodass sie den schlimmsten Hunger stillen konnten.

Mit dem „versehentlich" Liegenlassen einer brennenden Zigarette, der illegalen medizinischen Versorgung der Kriegsgefangenen und der Überschreibung eigner Leistungen auf das Konto der Zwangsarbeiter wurde bewusst gegen die „peinliche Abgrenzung" der Nationalsozialisten verstoßen. Die Nazis wollten die Entstehung einer einheitlichen Widerstandsbewegung verhindern und die unterdrückten Menschen gegeneinander ausspielen.

Um mit den Kriegsgefangenen und Zwangsarbeiter noch besser in Verbindung treten zu können, vervollkommnete der Kommunist Hugo Simon seine Kenntnisse in der russischen und englischen Sprache.

Im Kalischacht Merkers galt es die Produktion zu drosseln. Gemeinsam mit einer Gruppe polnischer Zwangsarbeiter wurden die unterschiedlichsten Arbeitsausfälle organisiert.

Enge Kontakte fand eine aktive Gruppe Kommunisten zu den sowjetischen Kriegsgefangenen Andree und Nikolei. Diese erhielten Zivilkleidungsstücke, um im Ostarbeiterlager Merkers unauffällige Agitationsarbeit leisten zu können.

Die französischen Kriegsgefangenen von Merkers stellten mithilfe des deutschen Antifaschisten Jacob Wohlfarth Verbindungen zu den anderen Gemeinschaftslagern im Kali-Werra-Revier her. Bei dieser Gelegenheit organisierte er die Versorgung mit zusätzlichen Lebensmitteln.

Hugo Simon nahm im Untertagebetrieb von Merkers Kontakt zu den sowjetischen und englischen Kriegsgefangenen auf. Er informierte sie über die neusten Nachrichten des Senders Moskau, den er ständig in der Nacht abhörte.

Enge freundschaftliche Beziehung stellte Heinrich Niebergall zu polnischen und französischen Zwangsarbeitern her und erwarb sich das Vertrauen der ausländischen Arbeiter. Mit seiner Hilfe glückte zwei Franzosen die Flucht aus Merkers.

Diese Arbeit verfehlte nicht seine Wirkung.

In den Kalischächten Merkers und Kaiseroda mehrten sich die Sabotagehandlungen. Nach Beendigung der Schichten wurden immer öfter die Stößel der Seilbahn gelockert. Das hatte zur Folge, dass sie überstanden und der Spurkranz des vollen Wagens auflief und das Seil aus dem Mitnehmer schleuderte. Bei starkem Gefälle der Seilbahn fuhr ein Wagen nach dem anderen auf. Dutzende liefen aufeinander und stürzten um. Dabei wurde im Laufe der Zeit, die an sich schon alten Schwellen beschädigt und die Produktion erheblich gestört.

Kurzschlüsse in Elektromotoren wurden herbeigeführt. Sie brannten aus.

Andere füllten Kieserit in die Schmierbuchsen der Güterwagen. Bei ihrer weiteren Nutzung blockierten nach einiger Zeit die Achsen und der Abtransport der Kaliprodukte verzögerte sich.

Luftschläuche von Güterwagen wurden angeschnitten, sodass bei Betätigung der Bremsvorrichtung diese rissen und die Wagen aus dem Umlauf gezogen werden mussten. Durch eine derartige Sabotagehandlung fuhr ein von der Saline Leimbach kommender Güterzug mit Munition auf dem Bahnhof Leimbach über den Prellbock und zerstörte die gesamte Anlage.

Bei Schmöle & CO. in Immelborn produzierte man bewusst Ausschuss. Hergestellte Handgranaten und Zünder für kleinere Bomben wurden durch Ausglühen und „Fehlproduktion" ihren Verwendungszweck entzogen. Es fielen täglich Automaten aus, und bei der Leerung der Klosettanlagen wurden ca. 20.000 Zünder gefunden, die im Laufe eines Jahres deutsche und ausländische Arbeiter in die

Abwässerungsgruben warfen. Trotz Nachforschungen der Gestapo wurden die „Täter" nicht gefunden.

Auch hier versorgten die deutschen Antifaschisten die Ostarbeiter laufend mit Esswaren. Ostarbeiterinnen nannten den Kommunisten Luther ihren „Vater".

August Volkhardt arbeitete 1941/42 als Steinmetz bei der Firma Peitz & Ludwig in Bad Salzungen. Beim Bau der heutigen Salzunger Heinrich-Mann-Straße kam er hier mit französischen Kriegsgefangenen zusammen. Diesen ausgehungerten und abgemagerten Menschen besorgte er das Fleisch eines Hammels. Den Hammel kaufte er bei einem Schäfer in Wildprechtroda, der das Tier gleich schlachten und zerlegen musste.

Der Schäfer konnte den Mund nicht halten und meldete den Verkauf des Hammels der Polizei.

Erst Wochen später führte die Polizei eine Hausdurchsuchung durch. Sie fanden mehrere Schafshäute.

Die Polizei nahmen Volkhardt und seine Frau mit und der Gendarmerie Meister Krämer verhörte sie. Trotz mehrerer Vernehmungen ließ sich das Ehepaar nicht von der Aussage abbringen, das Fleisch für eigene Zwecke verbraucht zu haben. Die Nazis verurteilten August Volkhardt zu vier Monaten Gefängnis wegen Verstoß gegen das Kriegsgesetz.

1943 wurden 16 Häftlinge aus dem Zuchthaus Untermaßfeld, vorwiegend tschechische Staatsbürger, im Salzunger Gefängnis untergebracht. Von hier mussten sie täglich zu Fuß nach Oberrohn und zurücklaufen. Sie hatten die Aufgabe, in Oberrohn Holzbaracken aufzustellen.

Die heimliche Versorgung dieser Häftlinge mit zusätzlicher Verpflegung oblag den Kommunisten Volkhardt. Der Posten, ein Oberfeldwebel, der von den Nahrungsmitteln ebenfalls sein Teil erhielt, schaute großzügig über die zusätzliche Versorgung der Gefangenen hinweg.

Zusätzlich besorgte der Meister vom Kalkwerk Oberrohn, Karl Schleicher Fleisch für die sowjetischen Gefangenen und schob ihnen in seiner Werkstatt Lebensmittel zu. Im Herbst 1943 konnte er eine größere Menge Kartoffeln besorgen.

Ernst-Ulrich
Hahmann

Die St. Johanniskirche
in Ellrich

Höhen und Tiefen, Licht und Schatten
eines evangelischen Gotteshauses

Das Schicksal der St. Johanniskirche war und ist mit der wechselvollen Geschichte der Stadt verbunden. Sowohl Kirche als auch Ort erlebten seit ihrer Entstehung unzählige freudige Momente und ebenso zahlreiche Tiefpunkte. Im Jahre 927 das erste Mal in einer Urkunde erwähnt, fiel sie mehrfach Stadtbränden zum Opfer. Nach einem Blitzeinschlag brannten das Gotteshaus und die Kirchtürme nieder. Unzulänglichkeiten beim Wiederaufbau, veranlassten die Behörden die markanten Glockentürme, die fast 1.000 Jahre lang die Silhouette der Stadt bestimmten abreißen zu lassen. Einem Förderverein ist die Erhaltung der St. Johanniskirche und die Sanierung des Kirchenschiffs zu verdanken. Nach umfangreichen Bauarbeiten erfolgte die neu Einweihung der Kirche. Für den Wiederaufbau des doppelspitzigen Glockenturmes gibt es von der Stadt, der Kirchengemeinde und dem Förderverein recht konkrete Pläne. Vielleicht gehört ja eines nicht mehr allzu fernen Tages, dieser Turm wieder ganz selbstverständlich zum Stadtbild von Ellrich.

Leseprobe

Immer näher schien das fürchterliche Gewitter zu kommen, immer häufiger zuckte der grelle Schein der Blitze über den mit dunklen Regenwolken verhangenen Himmel, begleitet von krachendem Donner.

Dicht zusammengedrängt harrten Alt und Jung in der entsetzlichen Enge des Restaurants auf das Vorübergehen des Gewitters.

Gegen 18.30 Uhr fuhr ein greller Blitz, gefolgt von einem krachenden Donnerschlag vom Himmel auf die Erde hernieder.

„Jetzt hat es irgendwo eingeschlagen", meinte ein Begleiter der Kinderfeier. Er ging vor die Tür des Restaurants und schaute Richtung Ellrich. Ihm stockte der Atem. Aus dem Südwestturm der St. Johanniskirche stieg eine Rauchwolke empor.

Hier hatte der Blitz eingeschlagen.

Der Mann stürzte in das Restaurant zurück und rief aufgeregt:
„Der Turm brennt!"

In der Aufregung hatten ihn die Teilnehmer des Kinderfestes nicht verstanden und meinten, die Gaststätte brenne.

Ein fürchterlicher Tumult entstand, alles schrie durcheinander und ein jeder versuchte, als Erster ins Freie zu gelangen. Über Tische und Stühle hinweg ging es in der entstandenen Panik, unter furchtbarem Angstgeschrei, durch die Fenster und Türen hinaus ins Freie. Wen interessierte da schon der Platzregen und dass er bis auf die Haut klitschnass wurde.

Trotz aller Anstrengungen des Oberpredigers Reinecke, der die Massen zu beruhigen suchte, wurde die Panik immer größer.
Kinder und Erwachsene schrien durcheinander, drängten einander beiseite, denn ein jeder wollte als Erster die Enge des Raumes verlassen.

Eine Frau stürzte zu Boden und ohne Rücksicht zu nehmen, stiegen andere einfach über diese hinweg.

Nur hinaus ins Freie.

Der Oberprediger, der mitbekam, wie die Frau hinfiel, konnte sie hochreißen. Wer weiß, was sonst geschehen wäre. In der Panik hätten die anderen die Frau zu Tode getrampelt.

Nur eine Fügung Gottes war es zu verdanken, dass alle wohlbehalten unter den regennassen Bäumen des Harzwaldes standen.

Der Oberprediger hatte gesehen, wie Rauch über der St. Johanniskirche aufstieg und die ersten Flammen vier Meter unterhalb der Turmspitze heraus schlugen. Er sprang auf den nächstbesten bereitstehenden Wagen und im Karacho ging es der nahen Stadt entgegen.

Dort nahm das Unglück seinen Lauf.

Nach dem Blitzeinschlag hatte die Nachbarschaft, die den aus den Türmen hervordringenden Rauch sofort bemerkten, erste Löschversuche unternommen.

Aber vergeblich.

Der Brand war in der äußersten Kirchturmspitze ausgebrochen und dort konnte so leicht keiner hingelangen. Wie Zunder brannte das trockene Holz der Verschalung und des Gewölbes, sodass der Nordturm bald in Flammen stand. Schauerlich und traurig sah das

Bild der beiden brennenden Türme aus, bis einer nach dem anderen sein Haupt neigte und zusammenstürzte.

Der südliche Turm brach ohne einen weiteren Schaden anzurichten zusammen, während der nördliche das Dach der Kirchendienerwohnung in Brand setzte. Zum Glück konnte dieser Brand von der herbeigeeilten freiwilligen Ellricher Feuerwehr in wenigen Minuten gelöscht werden.

Trotz emsiger Bemühungen der Feuerwehr griff der Brand durch herabfallende Balken der brennenden Türme rasch auf das Kirchendach über.

Die Nordhäuser Feuerwehr, welche um 20.00 Uhr unter der Leitung des Brandmeisters Eberhardt eintraf, konnte das Kirchendach nicht mehr retten.

Es brannte vollständig ab.

Im Inneren der Türme war der Feuerteufel voll im Gange, fraß sich gierig durch das Innere der Türme und vollendete hier sein grausames Werk. Bald brannte der Glockenstuhl lichterloh, in dem die Glocken hingen, die mit ihrem Geläut weithin das Entzücken aller Einheimischen und Fremden auf sich zog.

Eine Glocke nach der anderen stürzte mit Gepolter und Getöse auf das untere Gewölbe, wo diese liegen blieben. Als letzte schlug dumpf die vierte Glocke, eine kleine Bimmel Glocke, die für sich hing, unten im Turm auf.

Das sich schnell ausbreitende Flammenmeer griff nach dem Gebälge der Orgel. Diese fing sofort Feuer und nach wenigen Minuten war die Orgel eine Orgel gewesen. Sie war unbrauchbar.

Als der Zeiger der Uhr, auf den Strich Viertel nach sieben zeigte, blieb sie stehen. Die Spitze des Zeigers bewegte sich langsam nach unten um auf dem Strich halb, nach sieben stehen zu bleiben.

Zum Glück hielt die Gewölbedecke, bis auf einige Risse, der fürchterlichen Feuersbrunst stand und setzte letztendlich den gefräßigen Flammen ein Ende.

Um die Mitternachtsstunde war die Macht des Feuers gebrochen.